敗者たちの季節

あさのあつこ

角川文庫
20296

敗者たちの季節　目次

主要登場人物

小城直登（こしろなおと）……海藤高校　三年生　野球部　投手

郷田恭司（ごうだきょうじ）……海藤高校　三年生　野球部　正捕手
直登とバッテリーを組んでいる。

尾上守伸（おがみもりのぶ）……海藤高校　三年生　野球部　キャプテン

八尾和利（やおかずとし）……海藤高校　野球部監督

小城紀子（こしろのりこ）……直登の母。

美濃原翔（みのはらしょう）……東祥学園　野球部　三年生　投手

久豆井紘一（くずいこういち）……東祥学園　野球部　三年生　元正捕手
翔とバッテリーを組んでいた。

桑井誠（くわいまこと）……東祥学園　野球部　二年生　次期正捕手候補

藤浦英明（ふじうらひであき）……日刊紙『大和タイムズ』の記者　元高校球児

夏へと

白球が高く上がる。

空は濃灰色の雲に覆われていた。

紺碧の夏空ならボールは白く映えて、くっきりと浮かび上がりもするだろう。けれど、黒味を帯びた灰色は小さな白などたわい無く飲み込み、融かし込んでしまう。

ヤマチュウ、大丈夫かな。

打球の行方を目で追いながら、直登の心内に細波がたった。不安まではいかない。微かな懸念とでも呼ぶ感情だ。

ライトの山中圭史はなかなかの打撃センスの持ち主ではあるが、守備はやや粗い。粗いと言うか、ひどく気紛れなプレイをするのだ。フェンスぎりぎりで打球を捕らえたかと思うと、何でもないフライを落としたりする。

いつもなら、九回の守りは守備要員の佐倉一歩と交代するのだが、今日はそのままだった。

九回表、直登たち海藤高校の攻撃は二番で途切れた。この回を直登が何とか抑え切れば、延長戦になる。攻撃の要である山中を外すわけにはいかないのだ。

二対二のタイスコア。

九回の攻防。

夏の甲子園大会地区予選、決勝戦。

海藤高校、東祥学園高校、どちらが勝っても初の甲子園出場となる。〝今大会屈指〟と形容される好投手を有しているのも、攻撃より手堅い守りで勝ち抜いてきたのも、突出した破壊力の無い代わりにまとまりが良いのも、よく似たチームカラーだと言われている。

海藤の小城直登、東祥の美濃原翔、二人のピッチャーがどんな投球を見せ、どちらが投げ勝つか。決勝戦の最大の見所だと地元紙が、今日の朝刊で報じていた。

話題性はたっぷりある。

スタンドの内野席は、試合開始の一、二時間も前から両校の応援団が詰めかけていたが、外野席の方も半ば埋まっている。二人の投げ合いを見物しようと、地区予選の決勝戦にしては破格に近い数の観客が集まっているのだ。

一塁側には、直登の母も、山中の両親も、キャッチャーの郷田恭司の家族もいる。曇天の下、湿気と暑気に汗まみれになりながら、懸命に声援を送っている。山中の父親など、『必勝』の鉢巻きを締め、『いざ、甲子園へ』と大書された旗を振り応援の音頭をとっていた。

「おれ、マジ、テンション下がりまくりだし。親父、何やってんだよ。恥ずかし過ぎて、まともにスタンド、見られねえ。応援じゃなくて、息子の足引っ張ってるってわかんねえのかな」

山中はぶつぶつ文句を言っていたけれど、いざ試合となると集中力をちゃんと保っていたらしい。

六回表に走者二人を還す、タイムリーを打った。

アウトコースやや高目にはいってきたスライダーをきれいに打ち返したのだ。美濃原投手の球がやや甘かったとも言えるが、その甘さを見逃さず振り切ったのは、山中の力だろう。

二人目の走者がホームベースに滑り込むのを見ながら、直登はこぶしを強く握った。

これで勝てる。

そう思った。

調子は良い。絶好調と言い切っても構わないほどだ。ストレートは伸びがあり、変化球もきれていた。コントロールには以前から定評があったが、この試合はどの球種も低目ぎりぎりにおもしろいように決まっていた。

「ナイスピッチ、さすがだな、ナオ」

五回の東祥の攻撃を一人のランナーも出さずぴしゃりと抑えたとき、郷田が感嘆の声をあげた。本気の声だった。

「おれ、長いことおまえの球を受けてるけど、今日は最高のさらに最高だね」

「だろ？　おれもそう思うんだよな」

肩を軽く回す。軽く回せた。鈍い重さも妙な張りもない。地肩の強さには自信があったが、ここまで調子がいいのは久しぶりだ。

「決勝戦に最高のコンディションをもってくる。我ながら、たいしたもんだな、おれ」

直登の軽口に郷田の笑みが消えた。生真面目な顔つきになると、郷田はとたんに老けて見える。この顔のまま濃紺の背広でも着たら確実に、三十代のサラリーマンで通るだろう。笑顔と真顔の年齢ギャップがここまであるやつも珍しいと、直登を始めチームメイトによくからかわれている。

真顔のまま郷田が、

「あんま、調子に乗るなよ、ナオ。おまえは調子がいいときほど、アホな失投する癖があんだから。気ぃ引き締めていけ」

女房役らしい忠告を囁く。

「わかってる」

「しかも、一度失投したら、けっこう引き摺っちまうキャラだし」

「わかってるって」

そう答えたけれど、わかっていなかった。

思い知ったのは、六回裏にツーランホームランを打たれた瞬間だった。

東祥の四番は大身(おおみ)という苗字(みょうじ)そのままに、見上げるほどの偉軀(いく)の持ち主だったが、ここまで二度の打席は完全に直登が抑えていた。一度目は変化球を打たせて凡ゴロ、二度目は空振りの三振に仕留めている。

どこか、舐(な)めていたのかもしれない。自分への過信もあったのかもしれない。

ピッチャーの調子というものは、誰にも推し量れない波がある。不調から抜け出すのは至難でも、好調の頂から滑り落ちるのは容易(たやす)い。不調に陥るのは、肉体的にも精神面でも投手本人に因があるのだが、好調の訪れは天性の能力とか不断の努力の賜物だけでなく、そこにもう一つ何かが加わる。

そこまでは、直登も解していた。ただ、その何かが何なのか見当がつかない。むろん、説明もできない。

天の配剤、いやむしろ、神の気紛れ。人の手の及ばないところで作用する力。そんなものがマウンドにはある。

忘れていた。

畏(おそ)れることを、謙虚であることを、丁重であることを忘れていた。好調な時ほど、胆に銘じておかねばならないことだったのに、滑らかに動く身体や、回ごとに勢いを増すような球速に惑わされていた。心のどこかが上ずっていたのだ。

一球で思い知った。

やばっ。

指からボールが離れた瞬間、叫びそうになった。それまでと、まるで感触が違ったのだ。０・０５か６秒、指先を離れるのが早かった。

０・０５か６秒。

その一球が今までとまるで違うものに堕ちるには、十分な時間だ。抑えが利いていない。

内角の低目に構えていた郷田が僅かに身体を揺らした。ミットも揺らぐ。直登の放ったストレートは、球一つ分浮き上がったままストライクコースに入ってきた。

六回表の山中のように、大身も失投を見逃さなかった。見逃さないから、四番なのだ。打球は見事としか言いようのない放物線を描いて、レフトスタンドの上段に吸い込まれていった。しかも、二塁に走者がいた。デッドボールで出した走者だ。カーブがすっぽ抜けて左バッターの臀部に当たった。あのときから既に球が上ずり出していたのだろう。次の三番打者を四球で三振に打ち取ったものだから、微かに芽生えていた自分への危惧を蔑ろにしてしまった。

「甘いよなぁ。おれたち」

マウンドに走り寄った郷田が中年男の顔でそう呟き、ため息を吐き、さらに繰り返す。

「つくづく甘いと思う」

この二点は直登だけの失点ではなく、バッテリーの責任だと郷田は言っているのだ。

「あぁ、ほんと甘いな。これでヤマチュウのタイム‼ー、影が薄くなっちまった」

「しょうがねえさ。それが人生ってもんだ」

郷田がやけに分別臭い物言いになる。そうやって直登を笑わせ、気を引き立てようとしているのだ。わかっているから直登は、素直に口元をほころばせた。

「ランナーいなくなったから、すっきりしたよな」

ファーストの樹内淳也がダイヤモンドに視線を巡らせた。あぁ確かにと、直登は頷く。塁上に走者のいないダイヤモンドは整理整頓の行き届いた部屋みたいだ。すっきりして広い。

「監督から、伝言」

キャプテンの尾上守伸がベンチから一直線に走ってきた。尾上が来るとマウンドの空気がすっと落ち着く。〝クール・オガ〟との異名がある尾上ほどキャプテンに相応しいやつはいない。直登だけではなく、海藤高校野球部のほぼ全員の見解だ。

「ずい分と気持ちよく打たれたな。メリハリがあって実にナオらしいじゃないか、だって」

「それが伝言？」

「そう」

「それだけ？」

「そう。じゃあな」

尾上は直登の背を軽く叩くと、また一直線にベンチに戻っていった。郷田がうーんと唸った。

「メリハリか。さすが監督、うまいこと言うもんだ」

「現国の教師だからな」

「やっぱメリが打たれたので、ハリが抑え込んでたってとこだよな」

「おまえ、どーでもいいことに拘るな」

「現国の教師、目指してるからな」

郷田はにやりと笑うと、自分のポジションに帰っていった。樹内もセカンドの大佐もサードの五森も自分の持ち場へと向かう。ショートの柘植が去り際に「勝っても負けても、明日のランチはおごる」と一言、囁いた。大佐と五森が足を止め、顔を見合わせにやりと笑う。

柘植の家は駅前でイタリアンレストラン『ポポス』を開いていた。石の窯で焼いたピザが抜群に美味い。結果がどうあれ、地方大会が終わったら、無料で飽きるまでピザを食べさせてやると柘植の親父、『ポポス』のシェフから申し出があったとき、直登たちは一斉に歓声をあげた。山中など柘植に抱きついて、「おれはプレーンを十枚、食っちまうぞ」と叫んでいた。

結果は問わず。

けれど、ここまで来たからには甲子園への切符を手にして、ピザを頬張りたい。残念会に『ポポス』のピザはもったいなさ過ぎる。

「おしっ」

直登は自分に気合いを入れる。

おしっ、だいじょうぶだ。まだ、余裕だ。今の一発で目が覚めた。ここからスタートだ。スタートできる。

郷田が座り、サインを出す。

直登は瞬きし、ミットから覗いた指の動きを確かめた。

内角低目のストレート。

さっきの失投と同じコースだ。郷田は同じコースを要求してきた。

やるもんだね。

胸の内で、笑ってみる。

ピッチャーズプレートに足を置き、深呼吸を一つする。土の香りが鼻孔をくすぐった。

ボールを握り、放つ。

今度は違和感を覚えなかった。0・01秒のずれもない。

ボールが飛び込んでいく。郷田のミットが小気味よい音をたてた。

ボールを返しながら、郷田が大きく頷いた。

「ナイスピッチ」

背後から声がかかる。樹内だろう。カラオケが大好きな樹内の声は伸びがよくて、気持ちよく響く。

ナイスピッチ。

直登も自分に声をかける。

あの一発でずるずると不調の穴に落ち込むことはない。野球の神様は、ほんのちょっと目を逸らせただけで、そっぽを向いてしまったわけじゃないんだ。

畏れながら、謙虚に、丁重に。

鈍い音がして、ボールが三塁線やや内側に転がった。五森がなんなく掬いあげ、樹内に送る。スリーアウト。

「絶好調」

一塁のカバーに回っていた郷田が親指を立てる。

「だろ？　やっぱ絶好調だよな」

「アホ、これでまた調子に乗ったら、どんだけ学習能力がないかみんなに晒すことになるぞ」

「わかってる」

「ピッチャーはアホじゃ務まらないんだからな」

「わかってるって」

「アホじゃなくて、切り替えが早くて、図太くなけりゃ、務まらない」

郷田が指を折る。

「はいはい、わかってます。わかってます。よーく、わかってます。けど、今日は引き摺ってねえだろう」

「うん、立ち直り早いな。安心した」

「キョンのリードのおかげ」

「謙虚だな」

「学習能力、高いから」

郷田とは地元の中学で二年生のときからバッテリーを組んできた。郷田に〝キョン〟と渾名をつけたのは直登だ。今は単に〝恭司〟と呼んでいる。久々に中学時代の渾名を口にしていた。

郷田は束の間苦笑したが、すぐにその笑みを消した。

「ナオ」

「うん？」

「立ち直りが早いのは、おまえだけじゃないぞ」

黒目が動く。その動きにつられて、直登もマウンドに目をやった。

さっきまで直登がいた場所だ。そこには、今、もう一人のピッチャーが立っている。

直登が本格派の右腕投手なら、東祥の美濃原翔は変化球を主体にピッチングを組み立てる技巧派と言われていた。それは、速球に威力がないという意味ではない。勝負球のスライダーはむろんのこと緩急の差のあるカーブもなかなかの威力があり、その合間に絶妙のタイミングで放たれるストレートは、百三十キロ台のスピードとはとうてい信じられない球速を感じさせた。ずばりと投げ込まれると、思わず仰け反りそうになる。

「騙されるな、馬鹿野郎」

八尾監督が選手たちを睨みつけるように目を剝き、吼える。海藤の打順が一回りしたときだった。まだ両チームともホームベースを踏んだ選手はいなかった。三振の数は直登の方が多いけれど、美濃原もしたたかに海藤打線を抑え込んでいる。

「ただのマジックだぞ」

八尾がさらに吼えた。

八尾和利、四十二歳、二児の父。

海藤高校の現役現国教師だ。

二十五年前、隣市の私立高校の野球部メンバーとして甲子園の夏を三回戦まで経験している。

眉は太く、金壺眼でえらが張り、「高校教師は仮の姿。実はこの辺り一円の暴力団を統括しております」と自己紹介しても十人中八人は信じるだろう強面だ。実際、繁華街で海藤高校の生徒を脅していたチンピラが、たまたま通りかかった八尾に怯えて逃げ出したという逸話が残っている。

真偽は定かでないが、「まぁ、うちの監督なら有りだな」と部員全員（部員でなくても）が納得していた。実は、小学四年生の双子の娘を溺愛し、溺愛のあまり「パパ、うざいんだけど」と露骨に煩がられる父親であり、古今東西の恋愛小説を読破し、かつ愛読する文学中年であり、かなりのロマンチストであり、『恋愛小説を書こう』というカルチャー講座に三カ月通ったことがあり、酒に弱く、グラス一杯のビールで真っ赤になることはあまり知られていない。たぶん、本人が固く秘しているのだろう。

直登たちはむろん、自分たちの監督の正体に気付いてはいる。気付いてはいるが、目を剝き吼えられるとやはり、怖い。それほど、迫力があった。

「騙されるな、馬鹿野郎」

一喝に、山中が顎を引いた。柘植は瞬きを繰り返している。五森は目を伏せ、樹内と直登は意味も無く顔を見合わせた。控え選手の村武要は首を縮め息を詰めている。郷田と尾上だけが八尾を真正面から見詰めていた。

「変化球に慣らされて、ストレートの球速を惑わされているだけだぞ。一種のマジックだ。本当のところ、あのスピードなんて小城の半分も無い」

八尾がマウンドに向かっていかつい顎をしゃくった。

「監督、そりゃあいくら何でも言い過ぎです。ナオの球、そこまで速くないですから」

郷田が口を挟む。

「こういうときの表現は大げさなほど効果がある。『天にも届く頂』とか『世界中を感動の渦に巻き込んだ実話』とかの類だ。四月の頭、表現方法の授業でやっただろう。まさか、忘れたわけじゃなかろうな」

「おれの方が残念だ。郷田、もう少し真剣に授業に臨め。ともかく、おまえたちが打てんのは変化球とストレートのスピードの差に惑わされているからだ。一種のマジックだ。しかも種のばれたマジックだぞ」

八尾が選手一人一人の顔を睨みつける。本人は選手の表情を確かめているつもりなのだろうが、睨みつけているとしか思えない。

「おまえら、そんなちゃちなマジックに騙されるような野球をしてきたのか。違うだろう。もうちょい性根をいれて、自分たちの野球を思い出せ。いいな」

「おうっ」

選手たちが一斉に答える。

その声はスタンドの声援と絡まり合い、曇り空へと昇っていった。美濃原の投球はちゃちなマジックなどではない。百も承知の上での八尾の檄だった。

「甘い球を見逃すな。特にアウトコースに入ってくる変化球は高目に浮いてくるぞ。落ち着いて見極めるんだ」

八尾の指示通りに山中が甘いスライダーを打ち返し、二点を先取したとき、直登は軽く身震いした。

これで勝てる。

一瞬とはいえ身を震わす情動を何と呼ぶのだろう。

希望、期待、高揚、安堵(あんど)……ともかく直登は、勝利の予感に身を震わせたのだ。それが精神の緩みと肉体の力みに繋(つな)がるとは想像もしていなかった。

味方打線が二点叩(たた)きだしてくれたその直ぐ裏、特大のツーランホームランを打たれた。試合を振り出しに戻してしまったのだ。

まったくもって野球とは一筋縄ではいかない相手だ。しみじみと感じ入る。自分の油断に慢心に、歯噛(はが)みする思いだった。

それでも何とか立ち直った。後続を断って、二点の失点でマウンドを降りることができた。

しぶといのも、諦(あきら)めが悪いのも、切り替えが早いのも、負けん気が強いのも好投手の条件だ。

「立ち直りが早いのは、おまえだけじゃないぞ」

郷田の言葉通り、七回のマウンドにあがった美濃原の球は、少しも上ずっていなかった。

「やっぱ、あいつ、いいピッチャーなんだな」

郷田が目を細め、マウンドを凝視する。

「だな」

直登は短く答えた。

美濃原翔は一流のピッチャーだ。間違いなく。

一回から投げ続けているのに、美濃原のフォームは柔らかく揺るぎがない。余裕すら感じられた。山中のクリーンヒットは、たいした傷にならなかったようだ。

負けるか。

直登は奥歯を強く噛み締めた。

ここまで来たんだ。負けてたまるかよ。


甲子園は昔からの夢であり、今では、唯一の目標だ。

小学生のときから他のどのスポーツよりも野球が好きで、どうにも好きでたまらなかった。

「直登、どうしてそんなに野球、好きなの」

母の紀子(のりこ)に尋ねられて、返答に詰まったことがある。中学の野球部に入って郷田と出逢(であ)い、バッテリーを組み、ますます野球にのめり込んでいったころだ。

「野球のどこが、そんなにおもしろいわけ」

重ねて問われ、さらに答えられなくなる。ちゃんと説明できないのが悔しくもあり、恥ずかしくもあった。

こんなに好きなのになぜ、言葉にならないのだろう。

結局、ごまかした。

「いちいち、うるせえなあ。そんなの知るかよ」

声変わりしたばかりの、大人と子どもの狭間の声音で、つっけんどんに言い放った。ごまかした後ろめたさと答えられない苛立ちと答えられない答えを求めてくる母への煩わしさがごちゃ混ぜになり、語尾が震える。

紀子は食器を洗っていた手を止め、眉根を寄せた。

「まぁ、その口の利き方、何よ」

「うるせえからうるせえって言っただけだよ」

「あんた、このごろちょっと生意気じゃない。親に対してその言い方はないでしょ」

「もういいって」

「ちっともよくないわよ」

洗剤の泡を手に付けたまま、紀子が振り向く。

母と息子、二人っきりの家族だった。直登が五歳の時、突然の病で逝ったという父は、息子にほとんど確かな記憶を残さなかった。

ただ膝に抱かれて、甲子園大会の試合を見た覚えは微かだがある。テレビではなく生だった。吹いてくる風の心地よさや、押し寄せてくるどよめきに怯えたことや、降り注ぐ光が眩し過ぎたことをおぼろげにだが思い出せるのだ。

だけどそれは「お父さんはね、一度、あんたを連れて、甲子園に行ったことがあるの。まだほんとに小さかったから、野球の試合なんか観たって何にもわからないよって言ったのにね。どうしても連れて行くって、お父さんには珍しく言い張って……ああいうのって、虫の報せなのかしらねえ。何となく自分の寿命を察して、それで、息子に甲子園を観せておきたいって思ったのかもしれないよね。そう考えたら、何だか切なくなっちゃう」。そんな紀子の思い出話に引っ張られての幻覚かもしれない。

父が亡くなってから、母は一人で直登を育ててきた。養護教諭として働きながら、決して豊かではないけれど不自由のない生活を保障してくれた。

感謝している。

その闊達さに、その大らかさにずい分救われてきたし、大雑把な分からりと乾いた性分を好ましいとも感じている。

でも、鬱陶しい。

煩わしい。

面倒くさい。

心の内を説明しろと求めてくる母が、言葉にならない思いを聞き質そうとする母が、鬱陶しくて煩わしくて面倒くさい。

中学の三年間、よく紀子と衝突した。あまりの腹立たしさに野球道具一式だけ携えて家を出て、郷田の家に転がり込んだりもした。二度や三度ではない。

郷田の家は何代にもわたる農家で、曾祖母、祖母、両親、兄弟姉妹合わせて九人という大家族だった。敷地はやたら広く、部屋数はやたら多かった。裏庭で三角ベースが、家の中でかくれんぼができるとは、同じ小学校出身の大佐や五森の言だ。

直登一人紛れこんでも、誰も気にしない。母子だけで向かい合う緊張感は微塵(みじん)もなかった。

「おまえん家(ち)、いいな」

十畳はあろうかという郷田の個室で寝転びながら、直登は心底からそう羨(うらや)んだ。

「そうかぁ」

郷田が気のない返事をする。

「おれは逆に、おまえん家が羨ましい。静かだし、弟や妹の世話、押し付けられないし、おかずの取り合いしなくていいし、大祖母(おおばあ)ちゃんや、祖母ちゃんに合わせて野菜の煮付けばっか食わなくていいし、おふくろと祖母ちゃんと親父の三つ巴(どもえ)の喧嘩(けんか)に巻き込まれなくていいし……マジ、羨ましい」

「ふーん、そんなもんか」

「そんなもんだ」

どの家にもそれぞれの困難と不服があって、大人にも中学生にも小学生にもそれぞれの苦労と悩みがある。

そんなもんか。

「まっ、野球にはカンケーねえけど」

郷田は仰向(あおむ)けになると、手足を伸ばした。

「そうだな。関係ないな」

直登も寝転んだまま、思いっきり身体を伸ばす。

家族構成も、親との諍(いさか)いも、もやもやと抑制できない心情も野球とは関係ない。グラウンドに一歩踏み出せば、マウンドに立てば、ミットを構えれば、そこには美しいほど単純な世界が現れる。

かけ引きはある。ぶつかり合いも、葛藤(かっとう)も、誤解も、感情のすれ違いも存在する。けれど、全てが野球から発し、野球へと還元されていくのだ。

清々(すがすが)しいと、直登は思う。

あぁだから、好きなのかな。

ふいっと、そう気付く。

「おもしろいもんな、野球」

郷田がくるりと寝がえり、腹這(はらば)いになった。

「うん」

素直に頷(うなず)く。

おもしろい。とても、おもしろい。

「甲子園、一緒に行こうぜ」

郷田の一言に直登は目を見開く。

「甲子園……」

「うん。同じ高校に行って、甲子園、目指そうな」

「甲子園」

繰り返してみる。

風の匂いを嗅いだ。どよめきを聞いた。眩しい光が瞬いた。

父の膝に乗った感触が生々しくよみがえってきた。

あぁ、おれは確かに父さんとあの球場に行ったのだ。

もう一度仰向けになり、郷田が天井に向けて息を吐いた。

「行こうぜ、絶対」

「うん」

直登も天井を見上げる。不規則な波形の木目が見えた。板目と言うのだと教えてくれたのは、郷田の父親だ。

甲子園か。

声に出さず呟いてみる。

鼓動が唐突に速くなる。

憧れてはいた。野球のボールを握ったときから、甲子園の土を踏むことは憧れであり、夢だった。

それが、今から目標になる。

遥かな夢でも、ただ仰ぎ見る憧れでもなく、現実の目標になるのだ。

鼓動は治まらない。

隣で郷田が寝息をたて始めた。直登も目を閉じる。眼裏にまた、真夏の球場の光が躍った。

深く息を吸う。そして、吐く。

「甲子園か」

気がつけば、既に三年の夏だ。去年は、地区予選の準決勝で敗れた。僅か一点差で県内屈指の強豪校に敗れたのだ。そのチームは甲子園でも順当に準々決勝まで勝ち進んだから、「このチームに負けたのなら、仕方ない」と慰められもした。しかし、どんな相手であっても、甲子園を目指す者に『仕方ない』は存在しない。どんなに善戦しようが接戦であろうが、負ければ明日は閉ざされる。甲子園への道は負けた瞬間、終えるのだ。勝たねば明日はない。未来が欲しければ、自分たちの手で摑みとるしかないのだ。

海藤高校に入学し、八尾監督の指導を受け、郷田とバッテリーを組み、ここまできた。

骨身に染みて、わかっている。

まして、今年は高校生として最後の夏になる。その年に、決勝戦まで勝ち残ってきた。

もう一勝。

もう一勝、必ず手に入れてみせる。

直登と美濃原の投げ合いは、六回以降も続いた。直登は速球を主体に、美濃原は変化球を操って、どちらも相手打線を零封してきた。

九回表、海藤高校は走者を二塁までは進めたが、結局、点は入らなかった。裏の東祥の攻撃を抑えれば、延長戦に突入する。

「肩、どうだ？」

九回のマウンドに向かう直前、八尾監督から尋ねられた。

「問題ないです」

くるりと肩を回してみる。強がりではなかった。八回を投げ切ってなお、肩は軽く、違和感はない。

「そうか。十回はクリーンナップから始まる。すぐに楽にしてやるからな、もう少し踏ん張ってくれ」

「はい」

「よし、行け！」

八尾の分厚い手が尻を叩く。パシッといい音がした。

最初の打者をヒットで一塁にだしたけれど、牽制球で仕留めた。二人目はきっちり三振で打ち取った。

あと一人だ。あと一つアウトを取れば、味方の攻撃回になる。

三番の郷田が、四番の山中が、何とかしてくれる。五番のおれ自身が、何とかする。

あと一人、あと一つ、あと一球。

打席に美濃原が入った。これまでは、全打席、直登が投げ勝っている。美濃原はこの試合一度も塁に出ていない。打撃センスは投球力ほど卓越していないということか。もっとも、出塁については直登も同じようなもので、東祥セカンドのエラーがらみで一度ファーストベースを踏めただけだ。

気を緩めるな。

自分に言い聞かす。六回の轍は二度と踏まない。

二球続けてストライクが入った。スタンドが沸きたつ。

そして、三球目。

郷田は内角低目のストレートを要求してきた。遊び球はなし。

直登は頷く。

焦ってはいない。けれど、一秒でも早くマウンドを降りたかった。味方の攻撃が見たい。

これで、終わりだ。

郷田のミットへ真っ直ぐに放り込む。

金属音がした。

白球が高く上がる。

曇天の空に一時、飲み込まれてしまう。

ヤマチュウ、大丈夫かな。

僅かな懸念が細波（さざなみ）になり、胸内で音をたてる。

ライトの山中が懸命に走る。

外野フェンスぎりぎりで振り向き、グラブを構える。危なげない動きだ。

よし、打ち取った。

大きく息を吐き出していた。

風が吹いた。突風だ。

湿って熱い夏の風だ。

「あっ」

誰かが小さく叫んだ。誰の声か、わからない。悲鳴のような叫びだった。

打球が風に乗り、伸びていく。

見えるわけも無いのに、山中の顔が見えた。目を瞠（みは）り、口を半ば開けたまま凍り付いている。それは、恐怖の表情だった。とてつもない恐怖に全身を強張（こわば）らせて山中が、打球を見送る。ライトスタンドぎりぎりに落ちていく球だった。

静寂が訪れた。少なくとも直登の耳には全ての音が遮断された。

一瞬の絶対的な静寂。

つぎの一瞬、怒濤（どとう）のような大歓声がぶつかってくる。

何だ、何が起こった？

東祥のベンチで選手たちが抱きあっている。

美濃原が一、二塁間で手を挙げた。こぶしを握る。しかし、そのこぶしは直ぐに、下ろされた。

何が起こった？

直登はライトスタンドを見詰め、立ち竦(すく)む。そこは曇天の下でさえ、淡く輝いていた。

美濃原がホームベースを踏む。

海藤高校野球部にとって、甲子園への道が断ち切られた瞬間だった。

奇跡の日

床に寝転ぶ。

エアコンの低い唸り(うな)が響いてきた。

起きているときはさほど気にならなかったその音が、寝転ぶとやけに耳につく。

カーテンを開けているので、空が見える。

夏空だ。ぎらついて、青い。じっと見詰めていると、黒ずんでさえ見える青だ。

藍(あい)、と呼ぶのが相応(ふさわ)しいのかもしれない。

「どうでもいいけどな、空の色なんて」

寝転んだまま呟く(つぶや)。独り言のつもりだったのに、返事があった。

「ミャウ」

直登は首をねじり、ベッドの上で長々と寝そべっている白猫を見上げる。青い目と真正面からぶつかった。

「ばーか、おまえのことじゃねえよ」

ソラという名の猫はふわりと一つ、欠伸(あくび)をすると、体を丸め再び昼寝を始めた。

暢気なものだと思う。羨ましいぐらい暢気だ。猫の世界には何の憂いも悩みも後悔も挫折もないのだろうか。

ため息を吐いていた。

今日、何度目のため息だろう。いや、あの日、東祥学園にサヨナラ負けを喫したあの日から今日まで、何十回、ため息を吐いただろうか。もしかしたら、百回近いかもしれない。いや、きっと何百回だろう。

あの日から、高く空に上がり、風に乗ってライトスタンドに消えて行った一球を見送ったあの日から、まだ五日しか経っていない。それが、直登には信じ難かった。もう十年も二十年も昔のように思えるのだ。

スタンドではためいていた横断幕、揺れていたメガホン、風に舞い上がったマウンドの砂、キャッチャーのミット、スコアボードの上の雲、真っ直ぐに上げられた主審の腕、空に弧を描く白球……全ての記憶が褪せて、セピア色一色に塗りこめられている。

それなのに、五日前なのだ。

たった五日前。信じられない。

また、ため息が零れた。

母はこういう息の吐き方を一番嫌う。夫を早くに亡くし、女手一つで息子を育ててきた紀子にすれば、ため息や愚痴ほど鬱陶しいものも無意味なものもないのだろう。

「ため息吐いて、何かが解決するなら一日中吐いててもいいけどね。世の中、そんなに甘いものじゃないからさ。ため息吐くひまがあったら、なにかしら動いてた方がずっとマシ」

それが、母の持論だった。だから、湿っぽいもの、後ろ向きなもの、暗く翳っていくものを嫌うのだ。人に関しても、風景に関しても、好き嫌いははっきりしていた。

「マイナスオーラを出してる人には絶対に近づかない。けど、その前に自分でマイナスオーラを絶対出さないって心しとかないとね。他人に迷惑かけるからね」

「マイナスオーラを出してるだけで、迷惑かける？」

「迷惑、迷惑。当たり前でしょ。周りの気分を暗くするんだから。煙草や塵のポイ捨てとまではいかなくても、かなりの迷惑よ」

そんな会話を交わしたこともある。たしか、小学校の五、六年のころだった。十年近く飼っていた愛犬が死んで落ち込んでいたときだ。ボブと名付けられた犬は、父が知り合いから貰って来たアイリッシュ・テリアで、一人っ子の直登にとってペットであり、話し相手であり、友だちだった。

「直登、いつだって前向き、前向き。マイナスオーラなんて出してちゃだめよ。あんたがそんなのだと、ボブだって成仏できないんだから」

成仏の意味は理解できなかったけれど、母の「前向き、前向き」という強く明朗な口調は心地よかった。涙をふいて、頷いた。母は頷き返し「直登、強くなろうね」と微笑んだ。

その紀子が何も言わない。

息子が暗い顔つきで湿った吐息を漏らしても、何も言わない。ちらりと横眼で見やってそそくさと背を向けるか、気が付かない振りをして急に家事を始めるかだ。

気遣われている。

紀子は息子を気遣い、どう扱っていいか戸惑い、見て見ぬ振りをしているのだ。

そう感じてしまう。

そう感じることは、直登を苛立たせた。

憐れまれることほど少年を苛立たせるものはない。むしろ、「いいかげんにしなさい。いつまで引き摺ってるの。どうするのよ、こんなにマイナスオーラに包まっちゃって」と背中を力いっぱい叩かれた方がずっと気が楽だ。

「いってーな。何すんだよ暴力婆あ」「婆あ？　あんた、親に向かって婆あって言ったわね」「婆あだから婆あって言ったんだよ。くそが付かないだけよかっただろ。息子の情けだぞ」「あんた、本当にかわいげがないわね」

そんな言い争いが懐かしくさえある。

直登は自分を気遣い何も言おうとしない母に苛立ち、母に気を遣わせる自分に苛立つ。部屋に寝転がって窓越しに空を見ているなんて、猫を羨ましがっているなんて、ため息ばかり吐いているなんて、何だかどうしようもなく情けない。

わかっている。わかっている。よく、わかっている。

「いつまでも落ち込んでたってしゃーない。これで人生、終わったわけじゃなし」

活きのいい一言を口にして、起き上がり、伸びをする。それから、母に「母さん、腹減ったんだけど。何か食い物ある？」とか「身体、なまるの嫌だから、ちょっと走ってくる」とか声をかければいいのだ。それだけでこの苛立ちも情けなさも、少しは払拭されるだろう。

わかっている。わかっている。

それなのに、直登は動けなかった。寝転んだまま空を見上げ、ため息を吐いている。また一つ、また一つ。

身体は重く、指の先まで鉛を流し込まれたようだった。ぴくりと動かすのさえ億劫でたまらない。背中の辺りがうそ寒いのに、腋の下や腹の辺りにはうっすら汗が滲んでいる。もしかしたら風邪のひき始めかと体温を測ってみたが、平熱だった。

病んでいるわけでも、身体のどこかを損なったわけでもない。

ただ、打ちのめされているだけだ。

惨めで堪らない。

あぁ、そうかと気が付いた。目を細め、空を見る。

誰でもないおれ自身がおれを憐れんでいるのか。可哀そうに、こんなに惨めでと憐れんでいるんだ。

ざまぁねえな。

ほんとに何だよ、このざまは。おまえ、こんな惨めさを味わうために野球やってたのかよ。

自分に悪態をつく。

しっかりしろと叱咤したい。

こんなことやってちゃだめだと焦りもする。

けれど、目を閉じると眼裏に、あのこぶしが浮かぶのだ。美濃原翔のこぶしだった。

九回の裏、ツーアウト。曇天の下の一、二塁間。一塁を回ったところで美濃原は一度、高々と手を挙げた。誇らしげに空に突き出されたこぶしを直登はマウンドから確かに見た。そして、美濃原がそのこぶしを躊躇いがちに下ろしたのも目にした。

美濃原は直登のことを慮って、こぶしを下ろしたのだ。ホームランを打たれたピッチャーに心を配り、派手なパフォーマンスを控えた。それが、堪らないのだ。

九回をほぼ同等に投げ合った相手に打たれた。打たれただけでなく、同情された。おれたちには明日ができた。けど、おまえたちの明日はここで断たれたんだな。

美濃原のそっと下ろされたこぶしがそう語った。

可哀そうにな、小城。

堪らない。

くそっ。あいつ、憐れみやがって。

何よりも何よりも、それが悔しい。口惜しい。美濃原が悪いわけじゃない。むしろ、勝者の驕り(おごり)を微塵(みじん)も見せず、負けた相手を労わ(いたわ)ろうとした。誰にでもできることじゃない。立場が逆なら、ダイヤモンドを回っていたのが直登なら、サヨナラホームランの感触に酔いしれて、マウンドの敗者にまで思いを馳せ(はせ)られなかっただろう。

美濃原翔という男はすごいやつなのだ。ピッチャーとしても、人間としても。

だけど悔しい。だから悔しい。

マウンドに立ちながら憐れまれる。これほどの恥辱が他にあるだろうか。憐れむのではなく、勝者の雄叫び(おたけび)をあげてホームベースを踏んでほしかった。直登のことなどまったく意に介さず、存在すら忘れて、勝利に酔って欲しかった。

悔しい。口惜しい。無念だ。辛い(つらい)。

誰にも告げられない情動が混ざり合う。行き場の無い思いが熱をもつ。直登は深い疲労感を抱えたまま、自室の床に転がっていた。

風が出てきたのか、雲の流れがそれとわかるほど速くなった。濃緑色の木の葉が一枚、窓ガラスにひっつく。どこから飛んできたのだろうか。

「なあ、ナオ。おまえ、どうするんだよ」

郷田の声が耳底に残っている。昨日の夜、いや一昨日の夜だったか、かかってきた電話の声だった。

そのときも直登は、部屋に一人で寝転がっていた。ベッドの上に、だ。足元にはソラがいて、今日と同じように規則正しい寝息をたてていた。

「どうするって？」

「進路だよ、進路。おれたち一応高三で、海藤は一応進学校だぞ。そんでもって、季節は一応夏だ。進路のこと、マジで考えなくちゃやばいだろう」

「あぁ……」

確かにそうだ。

甲子園という巨大な目標が消えてしまった。未来を空白にしたまま生きていけないとしたら、そこに甲子園に代わる何かを据えなければならない。

当たり前のことなのに、考えてもいなかった。

「おれたち、一応進学希望、出してるだろ。六大学に進んで神宮で野球やりたいって」

「あ、うん。そうだったっけ」

「ボケてるのかよ。甲子園も神宮も制覇するぞなんて、二人でけっこうノリノリだったじゃねえかよ」

「うん、そうだった。確かに、そんなこと言ったたな」

「甲子園はだめだったけど、神宮はまだ残ってるぞ。ナオ、おれな今日、駅前の進学塾のパンフ、もらってきた。八月一日から三十一日までの短期夏休み特別コースってのに申し込む」

「進学塾か」

「そう。そりゃあ大幅に出遅れたけど、今からでもやっとかないとな。家、現役合格なら私大に行かせてやるって言うんだ。つまり浪人しちゃうと、私立はだめってことだ」

「ああ……てことは、東大に入る以外、道はないってことか。かなり、ハードだな」

「あほ。かなりってレベルか。死ぬ気でやらないと東大なんて無理無理。おれ、死ぬ気で勉強なんてできねえし。野球ならできてもな」

　銀色の携帯電話を握りしめて、直登は小さく笑っていた。郷田の闊達な物言いが快くもあり、少し鬱陶しくもあった。

　甲子園の道が閉ざされてすぐ、郷田家では息子の進路について話し合いがもたれたらしい。

「みんな……どうすんのかな」

　この夏を共に戦った三年生たちは、どうするのだろう。呟きのつもりだった一言を郷田は耳聡く聞き取った。

「柘植は親父さんの後を継いでイタリアンレストランのシェフを目指すらしいぞ。専門に行くって言ってた。後は五森も大佐もヤマチュウも進学するんじゃねえの。五森も塾に通うって言ってたし。大佐は一か八かで国立の法科、狙うってよ」

「そっか……」

「あぁ、それから要も国立の工学狙いだとよ。こっちは大佐より合格確率高いよな、かなり」

村武要の成績は尾上同様学年でも上位に入る。

「あいつ、シンカーとか打つの上手いじゃん。やっぱそこが大佐との違いだよな」

「シンカー打ちと受験はあまり関係ないだろうが」

「まったく関係ないな」

郷田の冗談に、ほんの少し笑えた。それから、妙に淋しくなった。冷えた風が身体の隙間を吹き通っていく。

みんな、それぞれの道を進むわけだ。みんな、ばらばらになる。

「ナオ、マジでどーすんだ。おまえならスポーツ推薦とかも、有りだと思うけど。万が一ってこともあるからさ、一緒に通うか」

「塾にか」

「駅前の光進進学塾。短期夏休み特別コースだ」

「う〜、塾かぁ」

唸ってしまう。

この夏、塾通いするなんてまったく選択肢に入っていなかった。むろん、甲子園出場が人生のゴールではないことぐらい、わかっている。だから、夏以降、受験に向けて必死になる覚悟はしていた。郷田の言うように、スポーツ推薦枠で志望校にすんなりと入れるなら、これほど楽なことはないが、世の中、そんなに甘くはないだろう。

母一人の収入で暮らしている家だ。推薦枠でもない限り、私立は到底無理だった。大佐ではないが、国立一本に絞るなら、今の直登の成績ではかなり厳しい。

　努力する。精一杯、努力する。諦めないし、僅かでも可能性があるなら食い下がる。野球で鍛えたのは肉体だけではない。そう簡単に自分を見捨てない力もまた蓄えてきたはずだ。

　けれど、それらは全て夏が終わった時の話だ。

　夏は甲子園しかなかった。

　あの球場で、真夏のマウンドに立つ。容赦なく降り注ぐ日差しを受け止めて、甲子園のマウンドに立つのだ。

　それしかない。他のことは、何も考えられなかった。

　それが、ぷつりと途切れてしまった。夏が白い空洞となる。受験という新たな目標に向かって歩を進める意欲が、前に進もうという気力が、空洞に吸い込まれ消えて行く。白く塗り潰されてしまう。指の間からさらさらと零れてしまう。

　郷田もヤマチュウも大佐も柘植も、みんな、一歩を踏み出そうとしているのに。

　強いな。

　みんな強い。

　ぐずぐず引きずっているのは、おれ一人か。

　誰も見なかったのだろうか。美濃原翔のこぶしの行方を。

　ちらりとも感じなかったのだろうか。憐憫の眼差しを。それともあれは、マウンドにいる者しか気付かない気配に過ぎなかったのか。おれの自意識が過剰だっただけなのか。

「パンフ、いるか」

「え？　何がいるって？」

「ナオ、おまえ他人の話、真面目に聞いてんのかよ。パンフだ。光進塾のパンフレット。短期の夏休み特別コースのやつ。最初の試験で上位十番までに入ると、入塾料金が半額になるんだってよ。トップスリーだと、完全免除。頭のいいやつってのは、いつだって得するようにできてるよな、まったく」

「ああ、塾のパンフか」

「いるか？　その気があるなら、届けてやるけど」

「うん。まあ、そうだな……」

「どっちだよ」

「まあ、いい。必要なら自分で取りにいく」

「そっか。じゃあ、いいけど。ナオ」

「うん？」

「受験終わったら、くたくたになるまでキャッチボールやろうぜ」

「……うん」

「おれ、おまえの球、捕るの、ものすごく好きだったんだぞ。おまえは気が付いてないだろうけどな」

「気付いてたよ」

「ほんとか？」

「ほんとだ。おれの調子が悪いと、おまえ、すげえ辛そうな顔、するだろう。がっかりするとか怒ってるとかじゃなくて、ほんとに辛そうな顔するんだ。マスク越しにだって、わかるぐらいな」

「えぇ、顔に出るのかよ。それってキャッチャーとして落第じゃねえかよ。ちょっとショックだな」

「ちっとも落第じゃねえよ。おれだって、おまえのミットに投げ込むの好きだし。けっこう、快感」

「あはっ。そりゃあ最高だね。じゃあ、とことんやろうな。キャッチボール」

「ああ」

電話が切れる。

直登は携帯をベッドの上に放り出した。ソラが顔を上げ、両耳を交互に動かす。

おまえの球、捕るの、ものすごく好きだったんだぞ。

なんだよ、恭司。もう過去形にしちまってるのか。もう終わったことにしちまってるのかよ。

天井を見詰めながら、五年間バッテリーを組んできた相手に語りかける。ソラが一声鳴いて、ベッドから飛び降りた。紀子の足元にでもじゃれついて、餌をねだる気なのだろう。

過去になる。

当たり前だ。時間は容赦なく過ぎていく。何もかもが過去になる。

ため息を吐く。一日に何度も天井を見上げながら、吐く。習い性になってしまいそうで、少し恐い。

負けるってこういうことだったんだ。

全てが過去になる。明日を失う。

敗北の意味を生まれて初めて、噛みしめる。

それでも、郷田からの電話が少しは刺激になったのか、その日、直登は駅前の進学塾に足を向けた。髪の長い、愛らしい少女が満面の笑みで表紙を飾っているパンフレットを一つ、ポケットに押し込んで帰ってきた。

それだけだった。机の上に放り投げたパンフレットは、ソラが遊び道具にして床に落とした。そのままにしている。

愛らしい少女の笑顔は、猫の爪に引っ掛かれて傷だらけになってしまった。

くそっ。

起き上がり、こぶしで手のひらを叩く。

くそっ、くそっ、くそっ。

しっかりしろ、直登。おまえは、ピッチャーなんだぞ。エースナンバー背負ってマウンドに立ったんだぞ。

今、机の上にあるのは塾のパンフレットではなく、汚れに汚れ、縫い目の色も褪(あ)せた硬球だった。

練習球だ。

今朝、見つけた。部屋の隅に転がっていたのだ。ソラの仕業なのだろう、ベッドの下にもぐりこみ捜し出してきたらしい。

練習球がいつの間にそんなところに入り込んでいたのか、まったく覚えがない。

試合球と違って練習球は、ぼろぼろになるまで使う。野球部の予算なんてごく限られた金額だから、節約できるところは徹底的にするのだ。練習の後、一球一球を部員全員で磨く。毎日、続けていればただのボールを愛(いとお)しいようにも、申し訳ないようにも感じるから不思議だ。

「おれたちのために、こんなに頑張ってくれて、ありがとう」

ふと感謝の一言を呟(つぶや)きそうになる。それは、あまりに恥ずかしくて誰かに聞き咎(とが)められたりしたら、赤面するしかない。だから、口元を引き締め、ただ黙々と磨いていった。

そんな練習球を知らない間に持って帰っていたのだ。偶然、バッグの中にでも紛れこんでいたのだろうか。

手に取り、指をかけてみる。

表面はざらざらで、試合球の艶やかさは微塵も無い。これでは、投げる度に指がひっかかって、使い物にはならない。

あぁ、投げたいな。

心底から思った。

衝動のように思いが突き上がってきた。

息が詰まる。指の先が痙攣する。

直登は唇を結び、練習球を机の上においた。郷田を呼び出すわけにはいかない。呼び出せば、きっと応えてくれる。キャッチボールぐらい相手になってくれるだろう。だけど、受験に照準を合わせ、懸命に努力している者を自分の衝動的な感情に付きあわせてはいけない。そう考えるだけの分別はある。

そのまま床に寝転び、窓の外の空を見やった。

青い。どこまでも青いとしかいいようのない色だ。

空の色なんてゆっくり見上げたことも、気にしたこともない。それなのに今日の空に心惹かれる。

階段を駆け上がってくる足音がした。紀子ではない。母はこんな乱雑な登り方はしない。それに、もう少し軽やかだ。とんとんとリズミカルに響く。

この足音は……。

「ナオッ」

部屋のドアが開く。ノックも声掛けもなかった。

「ナオ、たいへんだ。たいへんだぞ」

「恭司、どうした？」

郷田の頬に血がのぼっている。目も血走っていた。興奮しているのか激怒しているのか、判然としない。直登は思わず後退りしてしまった。

「ナオ、おれら、もしかしたら……もしかしたら、甲子園に行けるかもしれん」

「は？」

「甲子園だよ、甲子園。おれら、甲子園に行けるかもしれんぞ」

「はぁ？　何を言ってる？　頭、だいじょうぶか」

「あほ。おまえ、ニュースとか見てないんか」

「見てない」

「見ろよ。ニュースも見ないで受験勉強ができるか。このところ、時事問題が出る傾向、高くなってんだ」

「入試の傾向と対策の話をしにきたのかよ」

「馬鹿いえ。おまえとそんな話してどうする。そうじゃなくて甲子園だ。もしかしたら、いや確実に、おれたちが出場できるはずだ」

直登は郷田の顔を凝視する。

ほんの少しだけれど、顔色が白くなった気がする。日焼けして剝けた鼻の頭の皮膚も治りかけている。

「恭司。わかり易く話せ」

「だから、東祥学園が出場辞退を申し出たんだよ」

「ええっ」

腰が浮いた。ふらつき、机に肩がぶつかった。練習球が床に落ち、転がる。その動きを郷田の目が追う。

「なんで、出場辞退なんか……」

「喧嘩か煙草か女か……何かやばいことやったらしい。まさか、クスリじゃないと思うけどな」

「野球部員がか」

「そうだろう。これはまだ、噂だけどな、野球部の部員たちが……全員じゃないらしいけど、甲子園出場に興奮して、部室で大騒ぎしたらしいぞ。酒も煙草も女もぜーんぶ、やっちゃったんだってよ」

「まさか」

まさか、それはないだろう。

けど、出場辞退って……。

「東祥の出場辞退が正式に決まったら、準優勝のおれたちが繰り上がりで、甲子園に行けるんだよ」

郷田の声音が僅(わず)かに、上ずる。

出場辞退。

心の内で繰り返してみる。

出場辞退、出場辞退、出場辞退、出場辞退。

なんて禍々(まがまが)しい響きなんだろうか。こんな禍々しい言葉が、おれたちに機会をはこんでくれるのか。一度は完全に断たれた道を奇跡のように繋(つな)いでくれるのか。

それとも、これは恭司の単なる思い違いで、奇跡なんてどこにも起きてはいないのか。

風の音が強くなる。

窓ガラスが鳴る。

「恭司」

「なんだよ」

「おまえ、塾どうするんだ」

「はぁ、塾？」

「駅前の光進塾。短期コースとか夏休み特別コースとかに通うんじゃなかったっけ」

郷田の口が半開きになる。

「ナオ、おまえ何を言ってんだ。あまりのことに思考回路がおかしくなっちまったのか。しっかりしろ。塾なんかどうでもいいだろ、どうでも。甲子園だぞ、おれたち、甲子園に行けるかもしれないんだぞ。特別コースとかもどっかに飛んでけ、だ」

郷田が幻のボールを投げるふりをする。

野球がまた、できるんだ。

直登の胸に新たな思いが湧いてくる。

もう少し、野球ができる。恭司やヤマチュウや柘植たちと、仲間たちと野球を続けられる。

夏はまだ終わっていない。

ふいに、こぶしが浮かんだ。空に突き上げられたあと、静かに下ろされたこぶしだ。ピッチャーのこぶしだった。

美濃原……。

出場辞退、出場辞退、出場辞退、出場辞退、出場辞退。

あのピッチャーは今、禍々しい言葉に取り囲まれ喘(あえ)いでいるのではないか。

電話の呼び出し音が聞こえた。すぐに紀子の声が交ざる。

「はい、もしもし、小城でございます。あら監督さん。いつもお世話になっております。え?……あ、はい。わかりました」

「きたかな」

郷田が身震いをした。

直登は身じろぎもしない。動いたら、幸運が逃げて行くような気がした。

父さん。

父に語りかける。

力を貸してくれよ、父さん。おれたちにもう一度、チャンスを渡してください。お願いします。父さん。力を……。

「直登、直登」

階段の下から母が名を呼ぶ。いつもは、ろくに答えも返さないのに、今日は「はい」とやけに素直な返事をしてしまった。

「監督さんから伝言。すぐに、部室前に集合するようにって」

郷田と顔を見合わせる。

いつの間にか空に雲が広がり、光を遮ろうとしている。

薄暗くなった部屋の中で二人の少年は、ほとんど同時に息を吸い込んだ。

奇跡の後で

アームが動く。

薄茶色のクマのぬいぐるみを掴(つか)んだまま、ゆっくりと右横に移動していく。

よしっ、このままだぞ。このまま、いけ。

翔は軽く指を握り込む。

このまま、このまま……。

アームが揺れた。ずるりという感じで、ぬいぐるみがずれる。大きな耳がかろうじて先っぽの爪に引っ掛かった。

あぁ、落ちちまうんだ。

ほとんど意識しないまま、ため息を吐いていた。この数日で身に染み着いた、息の吐き方だ。

自分でも鬱陶(うっとう)しいなと思う。

落ちちまうんだ、どうせ。

ふっと身体の力を抜いたとき、ぬいぐるみが滑り落ちた。落とし口の端にあたり、透明なプラスチックの口中に転がり込む。

え？

軽快な音楽が鳴り、「景品をゲットだよ。おめでとう。おめでとう」と妙に甘ったるい声が告げる。同時に、クマのぬいぐるみが転がり出てきた。取り出し口に手をつっこみ、引っ張り出す。

耳がやけに大きい。両目と鼻は黒いボタンを縫いつけてあるだけだ。すでに、体のあちこちが綻び始めていた。調べるまでもなく、粗製品だとわかる。

なんでこんなもの、欲しかったんだ。

むきになってゲーム機の操作をしていた自分がおかしい。

苦笑してしまう。

翔は片手にぬいぐるみを摑むと、ゲームセンターを出た。自動ドアが開くと、湿って熱い空気がぶつかってくる。

雨が降るのかもしれない。

反射的に頭上を仰ぐ。

空は見えない。

褪せた緑色の覆いがあるだけだ。

駅前に東西に延びるアーケードには、通行人の姿はまばらだった。シャッターを閉め切った店も目立つ。休日の昼下がりだというのに、淋しいものだ。もっとも、県庁所在地でもない地方都市の商店街なんて、どこも似たようなものかもしれない。寂れて、淋しい。

東祥学園高校が甲子園初出場を決めたとき、この商店街も一時、沸き立った。

東祥学園高校が甲子園初出場を決めたとき。それは、翔の打球がライトスタンドに吸い込まれた瞬間だった。

「すごかったわよ。球場に負けないぐらいの歓声だったんだから。みんな抱き合っちゃって、ばんざい、ばんざいって叫んでさ。わたしにまで、おめでとう、おめでとうって言ってくれて。ほんと、すごかったねえ」

あの決勝戦の翌日、祖母がしみじみとした口調で言った。今年、喜寿を迎える祖母は、決勝の当日、商店街の端にある〝コミュニティゾーン〟で試合をテレビ観戦していた。〝コミュニティゾーン〟と大仰な名前がついているが、空き店舗にイスを並べただけの場所に過ぎない。普段、立ちよる人などほとんどいないその場所に、決勝当日、多くの人たちが集まった。

大型のテレビが運び込まれ、イスの数が三倍に増やされた。それでも足らず、立ち見の人が路に溢れたという。

「あんなにたくさんの人、どこに隠れてたんだろうねえって、みんな、びっくりしてたよ。本当に、すごい人で、その人たちが一斉に拍手したり、声援したりでしょう。そりゃあもう賑やかで、賑やかで、お祭りみたいだったよ。その人たちが誰もかれも、おめでとう、おめでとうってねえ……何だかもう、夢みたいだったけど」

祖母は肩をすくめ、少し笑った。童女のような笑顔だった。

「翔のおかげで、いい夢を見せてもらったねえ、ほんとに」

「そんなことないけど」

「いえいえ、翔のおかげだよ。翔が、お祖母ちゃんに楽しい夢をくれたんだよ。死ぬ前に、いい思いをさせてもらって、わたしはつくづく幸せ者だ」

本当に幸せそうな笑顔でそんなことを言われると、翔は照れるのを通りこして、いたたまれないような心持ちになる。

共働きで忙しい両親に代わり、翔と妹の麻美を育ててくれたのは祖母だ。幼稚園の送り迎えも、遠足や少年野球チームでの遠征時の弁当作りも、帰宅した時の出迎えも、全て祖母が担ってくれた。

「お祖母ちゃんがいなかったら、あんたたちのこと、ちゃんと育てられたかどうか、ほんと自信ないわ」

母の絹子が語った一言は姑への気遣いでもおもねりでもなく、偽らざる心境だったと思う。

祖母が野球好きだと知ったのはいつの頃だったろう。

「甲子園が始まるよ」

いそいそという言葉そのままに、祖母ははずんだ仕草でテレビの前に座り画面に見入る。ときに手を叩き、ときに声を上げる。普段は物静かで、声を荒らげるどころか、大きな声さえ出さない祖母が、叫びさえするのだ。

「お祖母ちゃん、おもしろいの」

「おもしろいよ。お祖母ちゃんね、野球を見るのが大好きなんだよ」

「どうして」

「どうしてって……どうしてだろうね。何だか野球を見ていると、胸がわくわくするんだよ」

「わくわくするの」

「そうだよ。わくわく……あぁそうだねえ、お祖母ちゃんに初めて野球の試合を見せてくれたのがお祖父ちゃんだったから、かしらね」

「お祖父ちゃん……」

翔は壁にかかった祖父の写真に目をやった。羽織をきこんだいかつい顔の老人が空を見据えている。翔が生まれて三ヵ月後に亡くなったという祖父の記憶は、当たり前だがまるでない。

「そう、若いころにね、お祖父ちゃんに連れられて、初めて野球の試合を見に行ったんだよ。ルールとかさっぱり、わからなくて、でも何だかとってもおもしろくてね……。それから、何度もお祖父ちゃんと出かけたよ。そのうち、一人でも見に行くようになって、お祖父ちゃんより、野球好きになったぐらいさ」

「ふーん、野球っておもしろいんだ」

「とっても、とってもおもしろいの」

「大好き？」

「ええ、大好き」

祖母と交わしたそんな会話が、野球を始めるきっかけになったのかどうか、翔には判断できない。ただ、野球を始めて、自分にピッチャーとしての資質が備わっていると知ったとき、胸内に浮かんだのは、
祖母ちゃんを甲子園に連れて行ってやれるかもしれない。

という淡い希望だった。自分のためだけなら、何が何でも甲子園に行きたいとは望まない。むろん、高校球児として聖地・甲子園に憧れる想いは十分にあった。けれど、憧れは欲望にも決意にも剛直な志にも転じない。

昔からそうだった。

がむしゃらに前に進もうとも、相手を打倒しても欲しいものを手に入れようとも思わない。思えないのだ。

「翔、おまえにもう少し闘争心があれば、絶対、最高レベルのピッチャーになれるんだがな。絶対だぞ、絶対の絶対だ」

東祥学園の野球部でエースナンバーを背負うことになったとき、山門監督に何度もそう言われた。三十を過ぎたばかりの青年監督は、甲子園への手応えを摑んでか、このと

ころ、熱く、はりきっていた。

「ピッチャーなんてのは、獣みたいでいいんだ。相手に襲いかかって食いちぎる。それぐらいの気迫がなけりゃあマウンドは死守できんもんだ。いいな、相手を襲い、食いちぎる。その心構えだ」

はいと答えたけれど、心の内ではかぶりを振っていた。

それは無理です、監督。

人は優しい方がいいと思う。

ピッチャーという人種にとって闘争心がどれほど重要か、理解している。おそらくコントロールとかスタミナとか球速とかと同等なほど大切なものなのだろう。しかし、自分は優しくて闘争心に満ちている者にはなれない。そんな完璧な人間になれるわけがない。だとしたら、優しい方がいいと思うのだ。

他者をねじ伏せるより案じることのできる者が、打ち負かすより寄り添える者の方がいいと思ってしまうのだ。思ってしまうのだから、仕方ない。

「いいな、翔。ガンガン襲いかかる気構え、心構えだ。それを忘れるな」

「それは無理です、監督」

背後で声がした。

一瞬、自分の心内から漏れ出たのかと驚いた。

「そういうの、こいつには絶対の絶対、無理ですから」

る。

　久豆井紘一が立っていた。さっきまで、翔の球を受けていたキャッチャーだ。高校に入学して最初にバッテリーを組んだ相手だったが、肩を壊して、今季は控えに回ってい
　山門監督の眉間に皺が寄った。

「紘一、それはどういう意味だ」

「いや、翔に闘争心を求めるなんて、魚に木登りを強要するようなもんですから。なんてったって、こいつ」

　紘一は翔の肩を軽くつついて、さもおかしそうに笑った。

「極めつきの、お祖母ちゃん子なんすよ」

「おい、紘一。馬鹿、何言ってんだ」

「だって、ほんとだろうが。おまえ、前に言ってたもんな。ずっとお祖母ちゃんに育てられた、正真正銘、間違いなしのお祖母ちゃん子だって」

「そりゃあまぁ……けど、それは冗談で……」

「冗談？　いやいや事実だって、事実。というわけですから、監督、こいつに過激なこと求めないでください。闘争心ゼロ、負けん気ゼロ、そういうやつなんですから」

　好き勝手なこと言いやがって。

　紘一の横顔を睨みつける。睨みつけてはみたけれど、本当は安堵していた。紘一が翔の思いのほとんどを代弁してくれたからだ。口下手でどちらかというと要領の悪い翔を

庇（かば）うように、紘一はしょっちゅう、こういった助け船を出してくれる。

「紘一、そうさらりと言って済ませられる問題じゃないぞ。翔は東祥のエースなんだ。それがだな」

「だいじょうぶです」

紘一が、監督を制するように手を上げた。

「性格、関係ないです。闘争心ゼロでも、翔は負けません」

監督の口元が〝へ〟の字に曲がった。

紘一は笑顔になる。

「負けませんて。必ず甲子園に行きますから」

ふいに監督が笑い出す。空を仰いでからからと乾いた笑い声をあげる。

「まったく、この馬鹿野郎が。大口たたきやがって」

「すみません。けど、本気です」

紘一の顔が生真面目に引き締まる。監督が頷（うなず）く。黒目がちらりと横に動いた。

「翔」

「はい」

「お祖母ちゃん子パワー、見せてもらうからな。この馬鹿野郎の言ったことが本当かどうか、ちゃんと証明してみろ」

「はい」

紘一の背中を音が聞こえるほど強く叩くと、監督は笑いながら遠ざかっていった。

「お祖母ちゃん子パワーだってよ。なかなか上手いネーミングだな」

背中をさすりさすり、紘一が片目をつぶる。

「どこがだよ。マンマじゃないか。ったく、なんだ、あれ。まるでおれが祖母ちゃんべったりのグランドマザコンみたいに聞こえるぞ」

「りっぱな、グランドマザコンだ。だって、連れて行ってやりたいってマジで思っているだろ、祖母ちゃんのこと」

「……甲子園へか」

「他にどこに連れて行ってやるんだ。健康ランドか？」

紘一の冗談がおかしくて、口元がほころんでしまう。

「そう思ってんだろう」

「まぁ、うん」

「かなり本気で、思ってるよな」

「まぁ……かもな」

思っている。

祖母ちゃんを甲子園に連れて行ってやりたい。

生きているうちに、おれが甲子園のマウンドに立つ姿を見せてやりたい。

とても強く思っている。一度も口にしたことのない秘め事を、紘一がどうして察したのかは謎だ。紘一のカンが鋭いのか、自分がわかり易いのかどっちだろう。

祖母は去年、夕食中に倒れ、病院に搬送された。幸い意識は戻り、命に別条もなかったけれど、それまでめったに風邪も引かず、誰からも感心されるぐらい元気だった人が、その日を境に入退院を繰り返すようになったのだ。そして、今年の春、ちょうど甲子園で選抜大会の開会式が行われた日、祖母が死病を患い、今年一杯の命だと医師から告げられたと母から聞いた。

「あんたたちもわたしも、お祖母ちゃんにはたくさんたくさん世話になったんだから、お祖母ちゃん、これからは大事にしてあげようね。できるだけ楽しく、穏やかにすごさせてあげよう」

絹子はそう言い、目尻(めじり)の涙を拭(ふ)いた。麻美も翔も薄々は感付いていたけれど、はっきり言い渡されると、やはり動揺する。

麻美は、ほろほろと涙をこぼし嗚咽(おえつ)を漏らした。

翔はほっと息を吐く。

まだ、今年の夏が残っている。

この一夏が自分に、祖母に、残っている。

「祖母ちゃん、夏は、おれ、甲子園に行くから」

選抜をテレビ観戦している祖母の背に、声をかける。

「え？」

「今年の夏は、おれ、絶対に甲子園に行く。自信があるんだ」

言い切った。

言い切り、胸を張る。

何かを強く言い切るなんて、生まれて初めてのことかもしれない。

笑おうとしたのだろうか、祖母の唇が僅かに開いた。けれど、すぐに閉じられ、祖母は真剣な表情のまま頷いた。

「そうだね。おまえならやれるね」

励ましでも、お愛想でもない。

信頼だった。

おまえならやれるね。

翔は負けません。

心が奮い立つような信頼だ。

紘一と祖母だけは、掛け値なく自分を信じていてくれる。そして、野球の神さまは、最後の機会を与えてくれた。

この夏、まだ間に合う。

信頼に応えるチャンスが一度だけ、あるんだ。

胸の内が波立つ。手も足も指の先まで熱くなる。

もしかして、これを闘志と呼ぶんだろうか。

翔は熱い指先を握り込み、大きく息を吸った。

約束は違えない。

必ず、甲子園のマウンドに立つ。

想いを糧として、翔は投げた。

そして、地区予選の決勝まで勝ち進んだ。

王手だ。あと一勝で、甲子園へと手が届く。甲子園はもう、憧れでも見果てぬ夢でもない。あと少し、ほんの少し、手を伸ばせば摑める現実だった。

チームの誰もが、高揚していた。高揚して、物静かになっていた。

地区大会の期間中は、部員は全員、学校の敷地内にある宿舎に寝泊まりするのだが、最初、賑やかに騒いでいた部員たちが、勝ち進むにつれ寡黙になる。「優勝」の二文字を口にしようものなら、その優勝そのものが逃げて行くようで、翔も口をつぐみ、普段よりさらに口数を減らして時を過ごした。

決勝の相手は、海藤高校。県の東部に位置する県立高校だ。東祥と同様に、打線の爆発力より堅い守備を持ち味として勝ち進んできた。

力はほぼ互角。どちらが勝ってもおかしくはないと、地元のメディアが報じる。それは、どちらが負けてもおかしくないという意味でもあった。

五分と五分。力の均衡したチーム同士の戦いは、傍観者には愉快かもしれないが、当事者たちにはかなり辛い。

周りの予想通り、あるいは期待通り、五分と五分、二対二の均衡を保ち、試合は九回まで進んだ。

九回の裏、その回、三人目のバッターとして打席に向かおうとする翔を、山門監督が呼び止める。

「翔、力むな。そして、焦るなよ。焦ることはないぞ」

「はい」

九回の裏、二対二のタイスコア。

東祥学園の攻撃はすでにツーアウト。ランナーはいない。翔の前の二人の打者は、一人は塁に出たものの牽制球で、一人は三振でアウトをもぎ取られていた。

すごいな。

マウンドを見やる。

海藤のエース、小城直登がいた。

すごいな。

もう一度、呟いてみる。

二つ目のアウトを取った三振ではなく、その前の牽制球をすごいと思う。ここまできて、まだ冷静でいられること、相手の隙をつく余裕があること、それがすごい。

正直、翔は疲れていた。

体力も気力も尽きようとしている。それを感じる。感じるから焦る。早くケリをつけたい。さっきの監督の助言は、延長戦を意識したものだった。

この回で体力を使い果たすな。

そういう意味が含まれている。

この打席ではなく、次の投球に力を注げ。

そういう意味も含まれている。

おそらく監督は翔が三振しても構わないと考えているのだろう。ここまでの打席、翔は完全に打ち取られている。一度も、塁に出ていない。凡ゴロを繰り返していた。なまじ粘って体力を消耗するより、得点は味方打線に託し、あっさり引き下がる方が利口なのかもしれない。

けれど、翔は決着をつけたかった。

ここまで投げ合ったピッチャーに、自分の手で決着をつけたい。それができる状況に、今、いるのだ。

これもまた、最後の機会、野球の神さまが与えてくれたチャンスだ。それに、このまま延長戦にもつれ込めば、自分の方が僅かだが、分が悪い。実力的には五分でも、持久力では劣っているのだ、たぶん。投げる回数が増えれば増えるだけ、劣勢に回らざるを得なくなる。

そこまで、思い至っている。けれど、負ける気はしなかった。不思議なほどしなかった。勝ちたいという一念に凝り固まっているわけではないが、負けたくないとは思う。

負けるわけがないと思う。

　今年が最後の夏。

　最後の機会。

　だとしたら、負けるわけがない。負けるわけにはいかない。

　指先が熱くなる。

　身の内を、熱いうねりが巡る。

　翔はバットを握り、打席に入った。

　小城が振りかぶる。

　内角にカーブが入ってくる。

　九回を投げて、なお、威力の衰えない一球だった。捕手のミットが小気味いい音をたてる。

「ストライック」

　球審の声が響く。マウンドで聞けば、心地よくも頼もしくも聞こえる声だ。打席に立つと、ただの大声に過ぎない。

　二球目、ストレートだった。やはり、ミットが美しい音を奏でる。

　僅か二球で、ストライク二つ。

　見事なものだ。

　翔は、打席の中で大きく息を吐いた。相手ピッチャーに対して、敬意にも似た感情が湧きだしてくる。

見事だ。たいしたもんだ。

そのたいしたピッチャーが次は何を投げてくるか。キャッチャーは何を要求するか。

遊び球はない。このバッテリーは、おれを三球で仕留めようと考えている。

そう感じた。

襲いかかってくるつもりなのだと。おれに襲いかかり、食いちぎろうとしていると。

小城直登というピッチャーはそういう、荒々しい、本物のピッチャーなんじゃないか。

キャッチャーもまた、そのことを熟知している。紘一が、おれのことを理解しているように。だとしたら、次に来る決め球は……。

ストレートか。

最も威力のある、最も効果的な球、カーブでもフォークでもない。二球目と同じコース、いや、もう少し厳しいコース、インコースの低めにぎりぎり決まるストレートじゃないか。

打てるか。

自問する。

先の二球のように見事に決められたら、打てない。

自答が返る。

翔はグリップを握り直し、バットを構えた。

見事に決められたら打てない。けれど、僅かでも甘く入ってくれば……何とかなるかもしれない。

早く、終わらせたいはずだ。

一秒でも早く、マウンドを降り、攻撃回に移りたい。海藤の勝利の可能性は、翔を打ち取らなければ出てこない。

早く、終わらせたい。早く、三つ目のアウトが欲しい。

焦燥というほど大げさではないが、心は急く。その心の動きが、僅かな甘さを生まないだろうか。つけいる隙を作らないだろうか。

小城が投球動作に入る。

曇天の空が頭上に広がっていた。

白いボールが鈍い光を受けて、発光する。

小城の手から白球が放たれた。翔の身体が反応する。

インコースのストレート。しかも、僅かに高い。

思いっきり、振り抜く。

手のひらを清涼な感触が突き抜ける。凡ゴロを打った時の、鈍く重いそれとはまるで異質だ。軽やかに、けれどくっきりと翔の内側に刻印される。

濃灰色の空に白い球が吸い込まれていく。

バットを放り出し、一塁に向かって走る。

球場全体がどよめいた。うおんうおんと声が、音が、渦巻き、揺れる。もっとも翔がそのどよめきに気がついたのは一塁ベースを回って数歩、走った後だった。

三塁コーチャーズボックスで紘一が躍っている。両手を高くあげ、跳びはねているのだ。肩を壊して試合に出場できなくなってから、そこが紘一のポジションとなっていた。

何やってんだ、あいつ？

ちらりと思った瞬間、球場のどよめきがぶつかってきた。巨大な生き物の咆哮のようだった。

え？　何だ？

足がたたらを踏み、転びそうになる。踏み止まり、翔は視線を巡らせてみた。

審判がライトスタンドの壁際でぐるぐる腕を回している。紘一も同じ動作をしていた。

三塁側のベンチでチームメイトたちが抱き合って、何かを叫んでいる。

ホームラン？

サヨナラホームラン？

まさか、そんな……。

そうだ。ホームランだ。サヨナラだ、翔。

紘一の声がはっきりと聞こえた。耳ではなく、頭の中に響く。

翔は右手を空へと突き上げた。

やったぞ、紘一。

やったぞ、祖母ちゃん。

視界の隅にマウンドが見えた。呆然と佇むピッチャーが見えた。一度、突き上げたこぶしをおろす。ここまで投げ合ったピッチャーに対し、ひどく無礼な振る舞いをしたようで気が引けた。

こぶしを握ったまま、ホームベースを踏む。

東祥学園高校野球部は、甲子園大会への出場権を手に入れたのだ。

「祖母ちゃん、甲子園には応援に来るだろう？」

「わたしが？　そりゃあ行きたいけど……」

「来いよ」

「そうだねえ。孫の応援に甲子園に行けるなんて、ものすごい贅沢なことだものねえ。そんな贅沢、無駄にしたら」

「祖父ちゃんに怒られる、だろ」

「おやまっ、翔ったら」

祖母が笑う。幸せそうな笑顔だった。祖母にそんな笑顔を贈れたことが、誇らしい。自分が、野球が、誇らしかった。

翔はゲームセンターを出て、ぶらぶらと商店街を歩いた。クマのぬいぐるみをぶら下げ、歩く。このアーケードの真ん中に、横断幕が二つかかっていた。

祝　東祥学園高校　甲子園出場
東祥野球部おめでとう　ありがとう　がんばれ
初めて目にしたとき、恥ずかしくてたまらなかった。父の職場でもある市役所にも同じ文面の垂れ幕が下がっていて、恥ずかしさはなお募った。

あの羞恥が今は懐かしい。

商店街の横断幕も、市役所の垂れ幕もすでに取り外されている。小さく丸められて、どこかの倉庫の隅に仕舞われたか、焼却処分にでもされたのか、いずれにしても、用無しになってしまった。

どうして、こんなことに……。

東祥学園の甲子園出場辞退が正式に決まってから、何回、何十回、何百回、繰り返してきた呟きをまた呟いていた。

どうして、こんなことになっちまったんだ。

あの決勝戦から、まだ五日、たったの五日しか経っていない。それなのに、なんで、おれ……。

甲子園に向けての練習ではなく、ゲームセンターで時間潰しなんてしてるんだ。

今日、午後三時、グラウンドに集まるようにと学校側から連絡が入った。出場辞退までの経緯を説明するとのことだ。

三日前、野球部員三人がさっき翔が出てきたゲームセンターに忍び込み、ゲームの景品を盗もうとして捕まった。

三人ともレギュラーでなかったとはいえ、甲子園出場を決めた野球部の部員が窃盗容疑で逮捕されたのだ。

ことはただの盗難事件では終わらない。

三人が犯行を認めた時点で、東祥学園高校野球部には甲子園大会への出場を辞退する道しか残されていなかったのだ。

どうして、こんなことに……。

何回、何十回、何百回呟き続けても、答えは摑めない。

土壇場で野球の神さまがそっぽを向いたとしか考えられなかった。

だけど、これは酷い。

こんな仕打ちがあるだろうか。

翔はクマのぬいぐるみと一緒に、ほとんど当てても無く、歩き続けた。

小城直登。

その名前がふいっと浮かび上がってきたのは、商店街を抜けて数歩、歩いたときだった。

海藤高校のエース。

地区大会の決勝を投げ合った相手だ。

結果的には翔が勝った。

あんなこともあるんだな。

手のひらが、もわりと蠢いた。

感触が蘇ってくる。

一球を捉えた瞬間の感覚。

思いの外、軽かった。手のひらから甲にむけて、軽やかな衝撃が走った。それまでの打席、小城の球を打ちあぐね、ことごとく凡退していた。そのときの鈍く重い痺れとはまるで異質の、小気味良い感触だった。

振り抜くとは、ああいうものだったのか。

快感だった。

打者としては凡庸な自分の資質を翔自身が一番、よくわかっていた。だから、あの場面——同点で迎えた最終回の攻撃、ツーアウト——で、打席が回って来たとき、延長戦を覚悟したのだ。ここで打てるほどの打者ではない。

ましてや、あの球を。

海藤とは何度か練習試合をしたが、小城がこんなにいいピッチャーだったとは思いもしなかった。この一年間で飛躍的に成長したのではないだろうか。いや、したのだ。だとしたら、あの球の陰に、あのスタミナあのコントロールの陰に、どれほどの練習、どれほどの努力があったのだろう。

たいしたもんだ。

自分の力で自分を高められるなんて、すごい。たいしたもんだ、本当に。

だけど、おれだって、おれたちだってここまできたんだ。

ここまできて萎縮（いしゅく）するわけにはいかないんだ。

この回で決着をつけたい。そして、絶対に負けたくはない。

祖母のために、故障で控えに甘んじている紘一のために、チームのために、何より自分自身のために勝ちたい。甲子園のマウンドに立ちたい。投げたい。

ここまできた。

指先は甲子園の風に触れている。あと一歩前に出れば、あと僅か手を伸ばしさえすれば摑めるのだ。

負けたくない。

内角にストレートが入ってきた。

狙うのは内角低めのストレートのみ。

決めていた。

身体が頭より僅かに早く反応する。甲子園もマウンドも祖母も紘一も、全て砕け散り、白い光になる。

その光に包まれて、翔はバットを振り切った。


手のひらが蠢く。

あのときの感触がよみがえる。

こんなに生々しいのに、〝あのとき〟は、遥か昔となってしまった。泣いても喚いても叫んでも、返りはしない。

いっそ、負けていればよかった。

あのとき、バットを振らず三振すればよかった。延長を小城と投げ合って、負ければよかった。そうすれば、今、こんな思いをせずにすんだのだ。

敗北の後、翔は泣いただろう。

　全てが終わった喪失感と無念を胸に、声を殺して泣いたはずだ。海藤のほかの選手たちがそうしたように、俯いて、帽子の陰で涙を拭きもしただろう。ここまできたのに、ここまできたのに。そう、繰り返し、唇を嚙みしめたに違いない。だけど、こんなに惨めにはならなかった。存分に戦って敗れた者は惨めさとは無縁なんじゃないか。それとも、やはり、呻くのか、自分の惨めさに呻くのか。堂々と敗者にもなれなかった。勝者の座から滑り落ちてしまった。だから、どちらの思いも理解できない。

　手のひらが蠢く。

　蠢く。生々しく、蠢く。

　翔は目の前に手を広げてみようとした。

　手はクマのぬいぐるみを摑んでいた。

　黒いボタンの目と鼻。赤い糸で縫いつけてあるだけの口。

　何とも安っぽくて間抜けな顔だ。

「おまえ、馬鹿みたいだな」

　ボタンの鼻を指先でつついてみる。こんなもの持って帰っても、誰も喜ばないだろう。

　麻美は気の強いわりに優しいから、やると言えば「ありがとう」と受け取るかもしれないが。

　妹に無理強いするほどのものじゃない。

捨てちまうか。

商店街の端にゴミ箱が設置されていた。どういう理由からなのか、けばけばしい黄色に塗りたくられたプラスチック製の箱で、半分ほどがゴミで埋まっていた。

翔は踵(きびす)を返し、商店街へと戻った。ぬいぐるみのクマが身体の横でぶらぶらと揺れる。

「どんな人形でもね、一度手にした物は疎(おろそ)かにしちゃあいけないんだよ。ほら、こんな小さな人形でもね」

祖母が自分の作った紙人形を差し出して、言った。あれはいつのころだったろう。十年前か、十五年前か。

「小さくても、汚れていても、みすぼらしくても、人形には魂が宿っているからね。だいじにしてやらなきゃ駄目だよ」

「祟(たた)るの？」

幼かった翔は身を乗り出し、赤い着物を着た紙人形を見詰めた。目も鼻も口もない、のっぺらぼうの顔を少し怖いと感じた。

「おやまぁ、翔。祟るなんて言葉、よく知ってるねえ」

「知ってるよ。祟りじゃ〜って、おどかしっこするもの」

今ほど痩(や)せこけても、病気がちでもなかった祖母が声をあげて、笑った。張りのあるきれいな笑い声だった。

「まぁまぁ、おもしろい遊びが流行(はや)るもんだねえ。でもね、翔。人形は祟ったりしないよ。人間の厄を身替わりはしてくれるけど、絶対に祟ったりはしないの。人形は優しいものなんだよ。だからこそ、大事にしてやらなきゃあ。ね」

「うん」

翔が頷くと、祖母はまたきれいな声で笑ってくれた。

何で、そんなこと覚えてんだ。今頃、思い出してるんだ。まったく、ほんとに……馬鹿みてえだ、おれ。

自分に舌打ちする。

舌打ちの後、じわりと酷薄な気分が滲みだしてきた。ぬいぐるみは人形ではなく、ただの玩具だ。捨てたってかまわない。こんなちゃちなクマだもの、ゴミと一緒に焼却されたって仕方ないのだ。

そういう運命だったんだよ、おまえは。

肩をすぼめ、小さく笑ってみる。記憶に刻まれた祖母の笑いとは、似ても似つかぬ卑小な笑いだ。

そうだ、運命だ。

自分ではどうしようもない、運命なんだ。

この世には、必死の努力や心意気など微塵に砕いて、塵にしてしまう力が作用している。それに、巻き込まれてしまえばどんなに足掻いても、足掻いても、無駄なんだ。

今まで何のために……。

何のために野球をやってきたんだよ。

真夏の日の下で、真冬の風の中で、仲間と一緒にボールを投げて、打って、走ってきた。本気で辞めようかと悩んだことも、悔しくて泣いたこともある。けれど、仲間がいる喜びも、昨日の自分を越えられた興奮も、野球が教えてくれたのだ。

「野球ってすげえな」

「ああ、おもしれえ」

紘一と頷き合ったことも一度や二度ではない。

「ずっと東祥で野球、やれたらいいのにな」

「そうだな」

歓喜、忍耐、失望、奮闘、仲間、親友、興奮、自省……。野球の中にはあらゆるものが渦巻いていると感じていた。渦巻きながら、未知のどこかに運んでくれると、信じていた。

信じた結果が、行き着いた先が、これか。

この惨めさ、このやりきれなさ、この行き場のない感情が、おれたちの野球のゴールなのか。

馬鹿野郎。馬鹿野郎。馬鹿野郎。馬鹿野郎。

この世界のことごとくを呪いたい。罵(のの)りたい。呪い、罵ることで諦(あきら)めきれない思いと何とか折り合いをつけたい。そうしないと、こんな情動を抱えたまま、いつまでも彷徨(さまよ)

うことになる。

耐えられない。無理やりにでも踏ん切りをつけなくちゃ、耐えられない。けれど、その踏ん切りのつけ方がわからないのだ。

心というものが身体のどこかにあるのなら、折り合いのつけられない感情で膨れ上がり、膨れ上がり、いつか、破裂してしまう。

だれか教えてくれ。

折り合いのつけ方を、裂けて散らずにすむ方法を。教えてくれよ。

ゴミ箱が見えた。

ぬいぐるみの腕を強く握る。

捨てちまえ、こんなもの。

あの派手なゴミ箱に放り捨てて、それでおさらばだ。

足が止まった。手も止まった。振り上げた腕をそっと、下ろす。

「紘一？」

アーケードの柱の陰に、久豆井紘一が立っていた。白いTシャツとジーンズ。大きな身体を縮めるようにして、こちらに背を向けている。背中しか見えなかったけれど、見間違うわけがない。

なにやってんだ？

翔はぬいぐるみをぶら下げたまま、肩幅の広いがっしりした背中に近づいていった。

「紘一」

声をかける。

「うわっ」

小さな悲鳴を上げ、紘一が振り向いた。黒目がうろつき、一瞬の後に、翔の顔に焦点を合わせる。

「なんだ、おまえかよぅ」

空気の漏れるような声を出し、紘一は肩を僅かに下げた。

「なに、やってんだ、こんなとこで。まるで、かくれんぼしてるみたいな恰好だぞ」

「かくれんぼじゃないけど、隠れてんだ」

「なんで?」

紘一はうるさそうに頭を振ると、柱の向こうを指さした。

商店街の中だ。

翔は柱の陰から、そっと顔を出してみた。

「あ……桑井」

二年生の桑井誠が薬局の前にいた。ぼんやりとした顔つきで、店内を眺めている。

桑井は、窃盗事件を起こした三人のうちの一人だった。

「出てきたのか」

紘一に囁く。なぜか、急に声を低くしていた。

「出てきたって？」

「警察だよ。留置場に入れられて、最低でも一週間は帰って来られないって聞いたぞ」

「そんなアホな話、誰に聞いたんだ」

「大身。電話がかかってきて、桑井たちは当分、警察から出て来られないって教えてくれたけど」

「ったく。何でそんなガセネタ、流すかな」

紘一が舌打ちする。

「ガセなのか」

「決まってんだろ。あいつら、窃盗と言ったってふざけて忍び込んで、ゲームの景品を一つ、二つ、持って帰ろうとしただけなんだぞ。まぁ酒を飲んでたって噂もあるけど」

そこで口をつぐみ、紘一は翔のぶら下げているぬいぐるみに視線を落とした。

「おまえ、それ……どうした？」

「安心しろ。正規のルートで手に入れた。欲しけりゃ、やるぞ」

「いらねえよ。つーか、今、ゲームセンターの景品なんか持って歩くなよ。おまえは、東祥のエースなんだぞ」

関係ないだろ、今さら。

ぷいっと横を向き、そう吐き捨てようかと思った。思っただけで、止めた。あまりに子どもっぽい仕草だからだ。

紘一といると、つい甘えてしまう自分がいる。同い年なのに、気が付くと寄りかかり、頼っている。

恥ずかしい。

「じゃあ、桑井たちはけっこう早くに釈放されてたんだ」

「釈放とか、大げさすぎるって。ふざけ半分の犯行で、しかも初犯だぞ。留置場に何日も繋がれるもんか。いいとこ、一晩だぜ。たっぷり説教くらって、親が引き取りに来て、一応、家には帰れるさ」

「紘一」

「なんだよ」

「詳しいな」

「常識だ」

「そうか。経験あるのかと思った」

「ねえよ。おまえや大身がものを知らなすぎんだ」

「かもな。けど……」

桑井たちの行為を重罪のように感じていたのだ。

あいつたちは大変な罪を犯してしまったと。まさか、紘一の言うような軽い罪だなんて考えもしなかった。

だって、おれたち甲子園を奪われたんだぜ。無理やり、もぎ取られたんだぞ。

紘一が身じろぎして、「あっ」と声をあげた。

「どうした?」

「動き出した」

桑井が薬局の前から離れ、ぶらぶらと歩き出したのだ。上体がふらふらと揺れている。

「あいつ、何か危なっかしいな。まさか、また酒とか飲んでんじゃないだろうな」

そう言った翔に向かって、紘一がかぶりを振った。

「酒は飲んでないと思う。だけど、様子は変だろ」

「まぁ……変といわれれば変だけど」

「変なんだよ。眼つきもぼけっとしてるし、顔色、青いし。なんか幽霊みたいな顔つきになってる」

「そりゃあ、当たり前だろうが」

自分たちの軽率な行いが何を引き起こしたか、まともに考えれば血の気も引くだろう。平気な顔で歩けるわけがない。

桑井たちに対する怒りが身体中を巡る。指先まで熱くなった。それまで、運命の理不尽さに憤ることはあっても、不祥事を引き起こした部員たちを恨む気持ちは、不思議なほど湧いてこなかった。もともと、他人に対し激しい感情を抱く性質ではない。チームメイトに対しては特に、そうだった。嫌な先輩もいたし、生意気な後輩に気分を害したこともある。嫉妬もしたし、妬まれたこともある。けれど、そんな負の情は翔の中ですぐに消えてしまうのだ。風にさらわれる霧のように、日差しを浴びた淡雪のように、あっさりと消えてしまう。自分でもあっさりしすぎているとは感じるけれど、生まれつきなのだからしかたない。それに、翔は桑井が好きだった。

桑井は二年生の控えのキャッチャーであり、投球練習に何度もつきあってもらった。まだ中学生といっても通りそうな童顔で、屈託のない明朗な性格をしている。その明るさや真っ直ぐさを、いつも好ましいと思っていた。キャッチャーにはぴったりだなと感じていた。桑井はキャッチングの技術や投球の組み立てはまだまだ粗いが、チーム一の強肩で、打撃センスも非凡なものを持っていた。次期正捕手候補の一番手として期待されていたはずだ。

その桑井が肩を落とし、どこか危なげな足取りで歩いている。うなだれた後ろ姿と覚束ない歩き方を見ているうちに、翔は頬が火照るほどの怒りを覚えたのだ。

耳の奥で、ごうごうと熱風が吹き荒ぶ。

飛び出して行って、一発、殴ってやろうか。

「翔」

紘一が手首を摑んだ。意外なほど冷たい指だった。

「顔」

手首を摑んだまま、紘一が首を振る。

「顔？　別に変わったようには見えないけど」

「おれじゃあねえよ。おまえの顔。むちゃくちゃ強張ってる。怖ぇぐらい人相変わってんぞ」

翔は思わず頰に手をやった。

紘一が柱の陰から滑り出る。翔も後を追った。

「紘一、おまえ、桑井の尾行してんのか」

「そうだ」

「何で、そんなことしてんだよ。まさか」

人気のない所で、ぶん殴るつもりか。

翔が口にするより早く、紘一が答えた。

「気になるからだ」

「気になるって？」

「うん。さっき、たまたま桑井を見つけて……向こうは気がつかなかったみてえだから、知らんぷりしとこうって思ったんだ。顔を合わせたって何言っていいかわかんないし」

「……ぶん殴ってやるって思わなかったのか」

今のおれみたいに、怒りに全身が強張ったりしなかったのか。

紘一が振り向き、束の間、翔の目を見詰めた。

「桑井は……おれの後輩なんだ」

ぽつりと呟く。

「あ……」

そうだった。

肩を壊しレギュラーから外れてから、紘一はずっと桑井の指導に当たっていた。山門監督からの指示だった。

「桑井を一人前に育ててくれんか。次のチームを担うキャッチャーを作ってもらいたい」

監督が紘一に告げていたのを、偶然、耳にした。紘一が何と答えたかは聞き取れなかった。

残酷だと、感じた。

後輩の指導に当たれと告げることは、レギュラーポジションを諦めろと伝えることでもある。まだ三年の夏が残っているのに。

それから数日、翔はまともに紘一の顔が見られなかった。

あのとき、紘一が何を思い、何を決意したか、いまだにわからない。ただ、紘一は監督の申し出を受け入れ、桑井を中心にした後輩たちの指導役に徹した。傍から見ても真剣に、熱心に、細やかに、ときには厳しく桑井を鍛えていたのだ。

「おれ、もうレギュラーとして……いや、選手として試合に出られないってわかったとき、けっこうショックでな」

「うん……」

だろうななんて、安易な相槌はうてない。

「野球やめちゃおうかって、本気で考えたりしたんだよな。だって、おまえとずっとバッテリー組んで甲子園までいくって思ってたのに、それが駄目になっちまって、おまえの球を他のやつが捕るの、ベンチから見てなきゃだめなわけで……。そーいうの想定外だったからけっこう、こたえてな」

「うん」

「けど、桑井を指導しているうちに、何かふっきれたっつーか……あいつ不器用なんだけど、すげえ一生懸命でマジで食らいついてくるって感じで……それで、確実に上手くなっていって。そういうの見てるのって、楽しくてな。なんか、どういっていいかわかんねえけど、自分がレギュラーとして試合に出られるのと同じぐらい、嬉しかったり、わくわくしたりして……。うん、もやもやって感じがふっきれたんだよな」

「うん」

「だから、桑井のおかげなんだ。桑井がいたから、おれ、野球を続けられた。そう思ってる」

翔は視線を上げ、ふらふらと遠ざかる桑井の背中を目で追った。

そうか、そんな人の支え方があったのか。そんな支えられ方があったのか。

「卒業するまでに、桑井に感謝みたいなの伝えてえなって思ってた。けど、こんなことになっちまって、それどころじゃなくなって……。馬鹿だよ、あいつ。ほんと、馬鹿だ。ゲームセンターの支配人が顔見知りだから、悪ふざけしても大丈夫だろうって考えてたって、まさか警察に突き出されるって思ってもなかったって……ほんと、馬鹿だよ。おまえがぶん殴りたくなるの当たり前だよな」

「いや……」

翔は口ごもる。

ついさっき、音を立てて燃え上がった怒りは、既に萎(しぼ)み、消えかけていた。それよりも、狼狽(うろた)えていた。紘一とは一年生のときからバッテリーを組み、一緒に野球をやってきた。野球を介さなくても親友と呼べる関係だと思っている。なのに……。

いつの間にか、紘一の胸中を推し量ることを忘れていた。忘れたまま、「おまえ、指導者むきなんだな」なんて、能天気な科白(せりふ)を口にしたりもした。あの一言を紘一はどんな思いで受け止めたのか。

何という軽率、何という軽薄。

翔は深いため息をついた。

世の中って、何でこうも取り返しのつかないことばかりなんだ。

紘一は翔のため息にも、歪(ゆが)んだ表情にも気が付かないまま歩いている。その背中に改めて問うてみた。

「けど、紘一、なんで尾行なんか……気になるって何が気になるんだ?」

紘一はいつもより、ゆっくりと歩を進めていた。桑井との距離を縮めないように気を配っているのだろうが、桑井本人は振り向くそぶりをまったく見せなかった。

とぼとぼと歩き続けている。

「あいつさ、さっきから、同じところをぐるぐる回ってんだ。まあ、だから、商店街の中を二度も三度も通ってる」

「おまえ、ずっと、その後、つけてるわけか」

「うん。だって、おかしいだろう。どこに行くって当てもなく、歩き続けるなんてよ」

「まあ、そりゃあそうだけど……」

桑井なりに今の自分をどうしていいかわからなくなっている。混乱の極みになれば、当て所なく彷徨(さまよ)うこともあるのではないか。

そう思いながら、紘一の後ろからついていく。

桑井が立ち止まった。

ゲームセンターの前だった。

さっき翔が出てきたガラス戸をじっと見ている。焦点の合わない眼差(まなざ)しが宙を漂い、またガラス戸に戻る。

紘一が息を吐き出した。

ふいに、桑井が歩き出す。今度は、しっかりとした速い歩きだった。行くべき場所、目標を見つけた者の足取りだ。

紘一と翔も足を速めた。

「あっ」

紘一が叫ぶ。桑井がふいに曲がったのだ。

商店街の外れ、廃業してシャッターを閉めたままになっている呉服屋と〝コミュニティゾーン〟との間に滑るように入っていく。

そこは人一人がやっと通れるほどの路地になっていた。桑井はやはり振り向きもせずその路地を奥へ奥へと進んでいった。

「紘一、あいつ、もしかしたら」

「ああ、幽霊ビルに行くつもりだ」

幽霊ビルは商店街の裏手にある五階建てのビルだ。昔、景気が今ほど落ち込んでなかったころには、各階に不動産屋だの耳鼻咽喉科の医院だの司法書士の事務所だのが入っていた。いわゆる雑居ビルというやつだ。

もう何年も前から入居者のいない空きビルになっている。幽霊ビルというのは側面にできたひび割れの形が髪を振り乱した女の横顔に見えるところから、ついたらしい。

幽霊ビルは路地の突き当たりにある。

桑井は、廃墟になりかけているそのビルの中に入って行った。迷いのない足取りだった。入り口はかつては施錠され、立ち入り禁止と記されたプラスチックボードがぶら下がっていたのだが、いつのまにかドアのガラスは壊れ、鍵ははずされてしまった。プラスチックボードだけが幾つものひび割れを作りながら、まだぶら下がっている。

「入るのか」

紘一に尋ねる。

「当たり前だ」

明確な答えが返ってきた。

翔は少し後退りしたいような気分になっていた。

人間に捨てられ忘れ去られてしまった建物は、不気味だ。人間への怨念が渦巻いている気がする。背筋がぞくぞくする。

だいたい、なにが苦手かといって幽霊屋敷ほど苦手なものはない。どんなちゃちな作りの幽霊屋敷でも、入り口で足が竦んでしまう。

紘一が振り返り、一言、

「ここで待ってろよ」

と口にした。紘一は翔の苦手なものも、怯む心もちゃんと見抜いていたのだ。

「は？　何で、おれが待ってなきゃならないんだ」

自分でも声が尖ったのがわかった。ついでに唇も尖らせる。

「いつまでもガキ扱いすんな」

吐き捨てるように言ってみる。

同級生なんだからな。同い年なんだからな。いつまでも、寄りかかってるわけじゃないんだからな。

口調に想いを込める。

あんまり、舐めんなよ。

紘一が瞬きした。それから、ひょいと一つ首を縦に振る。

「じゃあ、行くぞ」

さっき桑井がしたように、壊れたドアの隙間から中に入る。翔も続いた。

黴臭い。がらんとした空間は黴の臭いと散乱したガラスの欠片と塵と埃に満ちていた。

「上だ」

紘一が入り口近くにあるコンクリートの階段に向かって顎をしゃくった。積もった埃の上に桑井のものらしいスニーカーの足跡がくっきり残っている。

その足跡を踏みつけるようにして、紘一は階段を上り始めた。二階の踊り場まで来た時、ガシャリと重い音が頭上から聞こえた。

紘一が足を止め、耳をそばだてた。それから、突然、階段を駆け上がる。

「あっ、おい、待てよ」

翔も慌てて走った。

東祥学園から一キロほど西に倉稲魂を祀った神社がある。その神社の百段ちかくある石段を十往復するのが野球部の日課だったから、階段上りには自信がある。

五階まで息も切らさずに上りきった。

「屋上だ」

紘一がうながす。五階からさらに階段は延び、灰色のドアの前で途切れていた。

金属製のドアを紘一が身体をぶつけるようにして開ける。こ
ろうが、誰かがノブごと叩き壊していた。

ガシャリ。

さっき聞いた音とそっくりの重い響きを残して、ドアが開く。さびた蝶番がぎぃ
と鳴る。

屋上には風が舞っていた。たった五階分の高さしかないのに、地上には吹いていない風が舞っているのだ。

「誠！」

紘一が引き攣れたように叫んだ。

桑井は屋上のフェンスによじ登ろうとしていた。

「ばか、止めろ。何やってんだ」

紘一の声に振り向き、いやいやをするように首を振る。

「誠、止めろって降りてこい。馬鹿野郎」

「先輩。来ないでください。来るな、来るな」

片手でフェンスを摑み、片手を左右に動かす桑井の姿に、翔は悲鳴を漏らしそうになった。

「誠。降りて来いって。おまえ、自分が何やってんのかわかってんのかよ」

「わかってます。チームのみんなに迷惑かけて……おれ、とんでもないこと、しちまっ

た。もう、取り返しがつきません」

「そんなこと、あるかよ。馬鹿。取り返しのつかないことなんて、ねえんだよ。何だって、どんなことだって取り返しなんて、幾らでもできるに決まってんだろうが」

紘一の言葉に翔は、ほんの一時、桑井のことを忘れた。

どんなことだって取り返しがつく？

本当だろうか？

「駄目です。駄目です。おれ、もう、どんなに謝ったって許してもらえないです。ほんとに、とんでもないこと……」

「わかった。わかったから誠、よく、わかったから、ともかくそこから降りてこい」

「嫌です。おれ、もうこうするしか……」

桑井がまたフェンスを登り始める。

「誠！」

それまで凍て付いたように立ち尽くしていた紘一の身体が跳ねた。桑井に向かってまっすぐに走る。

桑井の肩から上がフェンスの外に出た。

駄目だ、間に合わない。

翔は息を詰める。

そのとき、誰かに手を握られた感触がした。

クマのぬいぐるみを持ったままだった。ゴミ箱に捨てるはずだったぬいぐるみだ。

翔は大きく振りかぶり、足を踏み出した。

「桑井」

名前を呼びながら、ぬいぐるみを投げる。

振り返った桑井の顔に見事にぶつかった。

ど真ん中、ストライク。

桑井の身体が揺れた。フェンスも揺れた。

紘一が足に飛びつき、引きずりおろす。

コンクリートの床に尻もちをつき、桑井は呻いた。呻きはやがて泣き声に変わる。

「おまえは、ほんとに馬鹿か」

紘一が息を弾ませながら、桑井の頭を殴った。

「たかが野球じゃねえか。たかが甲子園ぐらいのことで死んでどうするよ。馬鹿野郎」

それだけ言うと、へなへなとその場にしゃがみこむ。

「ほんとに……馬鹿が」

後は声にならない。すすり泣く桑井を見ながら、紘一は苦しげに喘いでいる。

翔はぬいぐるみを拾い上げた。顔に付いた埃をはらう。

たかが野球。

たかが甲子園。

ほんとうに、その通りだ。

人の命に匹敵するものじゃない。

「桑井」

翔は桑井の傍らに腰をおろし、震える肩をぬいぐるみでつっついた。桑井がゆっくりと顔を上げる。涙と洟でぐちゃぐちゃになっていた。

「あのさ、おまえ、やっぱ謝れよ」

「美濃原先輩……」

「ちゃんとみんなに謝って、それからもう一度、野球をやれよ。んで、来年、堂々と甲子園に行けばいいんじゃないの」

甲子園は命を捨てて贖うほどのものじゃない。

死ななくて良かった。

桑井が生きていてくれてよかった。

心底、思う。

翔は立ち上がり、しゃがみこんでいる二人を「帰ろうや」と促した。空腹を感じた。祖母の作る稲荷寿司を腹いっぱい食べたい。

これ、やっぱり麻美にやろう。

ぬいぐるみを高くかかげてみる。

夏の青空を背景に、ぬいぐるみのクマがにっと笑んだ。
そんな風に、感じた。

夏という今

海藤高校野球部監督八尾和利は、話し終え自分の前に立つ四十二人の部員たちを見回した。

特に、前列に並ぶ三年生、一人一人の顔にじっくりと目をやる。どの顔も夏の名残を十分に留めて、褐色に日焼けしたままだ。

ライト　山中　圭史。
ファースト　樹内　淳也。
ショート　柘植　慎介。
セカンド　大佐　勇樹。
サード　五森　弘太。
キャプテン　尾上　守伸。
キャッチャー　郷田　恭司。
ピッチャー　小城　直登。
控え選手　佐倉　一歩。

同じく　村武要。

同じく　山茂遠実。

その後ろは、レギュラーの石鞍と水渡を真ん中に二年生たちが並んでいた。

誰も微動だにしない。

瞬きさえしていないんじゃないか。

八尾にはそう思えた。

曇天の下、居並ぶ褐色の顔たちはみな放心したようにも、今耳にした言葉を反芻しているようにも見えた。

海藤高校野球部の三年生、十一人。

入部してきたのが、ついこの前のような気がする。

こいつらなら、甲子園も夢じゃない。

確かな手応えと興奮を覚えた。あれから既に二年以上の年月が過ぎている。八尾は、少し信じられない心持ちになっていた。

あのとき、まだどこかに少年のあどけなさを残した顔立ちは、二年数カ月を経て、精悍な男の容貌に変わりつつある。

改めて、十一人を見やる。

八尾が全精力と想いを懸けて、育て上げた選手たちだ。

海藤高校の硬式野球部の歴史は古く、戦後間もなく、まだこの国が敗戦の傷跡を深く留めていたころに呱々の声を上げた。

ただし、六十年を超える歴史の中で、甲子園への出場は一度もない。高校野球史上ではまったくの無名校だった。

公立の進学校なのだから、仕方ない。

海藤の選手は甲子園を目指すより、有名大学の狭き門を狙えばいいのだ。

八尾が国語の教師として海藤高校に赴任し、野球部の指導をまかされたとき、部員たちにもその周辺にも、弱くて当たり前、負けて当然という空気が漂っていた。濃霧のように立ちこめ、息をするのさえ困難に感じたものだ。どっぷりと浸かり込んだ者たちは、その息苦しさにも、霧の深さにも感付いていないようだった。

監督としての仕事は、そんな淀んだ空気を払拭することから、始まった。

負けて当たり前？　ふざけるな。

「負けることは恥じゃない。けれど、負けて悔しさを覚えない自分を恥じろ。ボールを握りながら、野球に真摯に向かい合えない自分を恥じろ」

負け試合の後、冗談を言い、けらけらと声をあげて笑う部員たちを前に、八尾は何度も檄を飛ばし、ときに、憤りを露わにした。

「おれら、野球を楽しんでるんです。それって、甲子園に出場するより意味があるんじゃないですか」

部員たちの小賢しい口返答に、奥歯を嚙みしめながら諭したこともある。

「野球を楽しむのは大いにけっこう。しかしな、本気で関わろうとしない者が楽しめるほど野球は甘いスポーツじゃないぞ。おまえたちは野球を楽しんでいるのではなくて、舐めているんだ。こんなもんだと馬鹿にしてるだけだ」

「えー、けど、うちの親父なんか草野球チームで適当に野球やって、楽しんでますよ」

半ば真顔で言い返されたときは、怒りより虚しさが込み上げてきて、その場にうずくまりそうになったほどだ。

野球に全てを懸ける必要はない。甲子園だけが目標になった野球の脆さも危うさも知り尽くしている。だからこそ、高校野球の監督になったのだ。

しかし、高校の三年間を片手間に野球と関わって過ごすのは、あまりに惜しい。この時期だからこそ、この時期の野球だからこそ摑める何かがある。心に刻まれる何かがある。いつまでも、記憶の内に留まり続ける何かと出会える。その〝何か〟が何なのかは、人それぞれだ。

仲間、夢、希望、挫折、敗北感、充足感、爽快感、渇ききった喉に染みる水の美味さ、一球をバットで捉えた瞬間の快感、グラブの匂い、口の中に流れ込んでくる汗の味、勝った瞬間の歓喜、敗れた直後の落胆、歓声、激励、密やかな祈り、言葉ではどうしても言い表せない想い……。そう、それぞれがそれぞれの〝何か〟を手に入れる。それぞれではあるけれど、手に入れる条件は一つだ。

野球と真摯に関わること。

野球だけではない。野球でも、人でも同じだ。生きることも同じだ。真摯に、一途（いちず）に、懸命に、本気で関わらなければ決して見えないものが、手に入れられないものがある。その若さで、戦う前から逃げていてどうする。去（い）なすことを、諦（あきら）めることを覚えてどうする。自分たちを信じることさえできなくて、どうする。何が楽しむだ。笑わせるな。伝えたいものは山ほどある。けれど、上手（うま）く伝わらない。八尾は焦っていた。焦れば焦るほど、気持ちは空回りして、選手たちとの距離が開いていく。

「監督は……結局、おれたちのこと何にもわかってないままでしたよね」

卒業式の朝、時任（ときとう）という生徒に面と向かって言われた。八尾が赴任してきたとき三年生だった部員だ。ピッチャーだった。速球に威力があり、エースとして期待してきた選手でもあった。

「わかっていない？」

「ええ、ほんとに何にもわかってないまま終わっちまった。そんな気がします。まぁ……監督からすれば、お互いさまってとこなんでしょうけど、ね」

時任の口調は丁寧で穏やかだったが、眼差（まなざ）しには棘（とげ）があった。一言も返答できなかった。獣が啼（な）くように喉を鳴らしただけだった。

「失礼します」

一礼して去って行く、幅広の背中を黙って見送るしかできなかった。紺のブレザーの背中が式場である体育館の中に消えたとき、じわりと滲んできたのは、疲労感だった。

三月の風が凍えるように冷たかったのを覚えている。固い小さな蕾をつけた桜の枝の向こうに、碧空が広がっていたのも覚えている。

八尾は空の下、風の中、立ち尽くしていた。

おれは、あいつらを何も理解していなかった。

おれの何をも、あいつたちに伝わっていなかった。

指導者として失格。そんな烙印を押された気がしたのだ。

他の公立高校で十年ちかく野球部の監督を務めた。二度、選抜大会に出場している。最初は初戦で大敗したけれど、四年後の二度目の出場では準々決勝まで勝ち進んだ。選手としても、四半世紀も前になるが夏の甲子園の土を踏んでいる。

自分がプレーヤーとしても指導者としても、一流だとは思わないけれど、三流でもないと自負していた。

その自負が崩れて行く。がらがらと崩落の音が耳にこだました。

おれは間違っていたのか？

だとしたら、どこで違えたのだ？

何を理解していなかった？

それとも、選手たちの方が間違えているのか？

だとしても、その間違いを教えてやれなかったおれは、指導者としてやはり失格じゃないか。

疲労しきった身体で迷路を彷徨っている気分になる。

本気で退任を考えた。

こんな迷ったままで監督が務まるはずがない。潔く、退こう。その方が、自分のためにも選手たちのためにも、いいはずだ。たぶん。

萎えた心がそう囁く。

踏み止まったのは、未練と親友との約束を反故にしたくない一念からだった。

野球に、若い選手たちと共に生きることに、甲子園の空に土に空気に、捨てきれない未練があった。その未練よりさらに強く、八尾を海藤高校野球部に繋ぎとめたのは、石堂純一に誓った言葉だった。

「和利、頼む。海藤の選手たちを甲子園に送り出してくれ。あそこがどういう場所なのか、教えてやってくれ。高校で硬式ボールを握りながら、甲子園なんて端から縁のないところと信じ込んでいる子たちに、違うんだってこと教えてやってくれ。何年かかっても構わん。海藤が甲子園に出れば、海藤で野球をやっていた連中全てが目を覚ます。何からも逃げないで生きられる。おれは、そんな気がするんだ。頼む。無理は承知で頼む。おまえにしか、託せない。おまえにしか、託せない。おまえにならば……頼めるんだ」

石堂に頭を下げられ、八尾は暫く口をつぐんだ。数分の沈黙の後、よし、わかったと答えた。おれが必ず、甲子園に連れて行く。そのときを楽しみに待っていろと。

待っていろ。

その一言に力を込めた。それは、見届けろという意味でもあったのだ。そういう意味を込めて、告げたのだ。

海藤高校野球部が甲子園で試合をする。その試合をつぶさに見届けろよ。それまで、生きていろよ。

石堂とは中学時代からずっと一緒に野球をやってきた。石堂はサードを、八尾はショートを守った。互いにクリーンナップの一角を担ってきた。

石堂は、当時の監督が「おまえは、絶対に格闘技むきだな」と唸ったほど闘志に満ちた男で、どんな鋭い打球にも腰が引けなかった。身体のどこかに、いつも幾つもの青痣をこしらえていて、〝豹柄男〟という渾名をつけられていた。

二人で三遊間を守り、甲子園で二勝をあげた。そして二人とも教師という職業を、高校野球の指導者という途を選択したのだ。

故郷の町の居酒屋で、チームメイトではなく、大人の男同士として酒を飲んだ。美味い酒だった。もっとも、八尾はビール一杯で酔い、二杯めからはジュースを注文したけれど。

「なあおれたち、どちらが先に、甲子園デビューを果たすかな」

「和利、おまえ、絶対に自分だって思ってんだろう」

「あれ？　わかったか」

「もろ、わかったね。おまえは昔から、ほんとわかり易い人間だったからなあ」

「馬鹿野郎。そんなこと、あるかい」

「ある、ある。けど、すごいと言えばすごいよな」

「すごい？　何が？」

「普段は、ほんとにわかり易い男なのに、いったん、グラウンドに出ると、あっさりポーカーフェイスになっちまう。覚えてるか、地区予選の準決勝、蔦田商業とやった試合」

「三対二で勝ったやつだな」

「四対二だ。おまえが、六回の表に決勝打を打ったんじゃないかよ。あわやホームランって当たりの二塁打。打球の勢いがよすぎてフェンスにぶつかって跳ね返ってきたんだ。それで、結局、二塁止まりになったんだ。なんだ、覚えてないのか」

「山ほど試合、したからなあ。おまえ、よく覚えてんなあ」

「覚えてるさ。おまえ、それまでかなりの不調が続いてて、くらーい顔してて、そんな顔してると味方の士気が下がるし、相手に舐められるぞって、監督に大目玉くらったじゃないか。うん、おまえ、ほんとくらーい顔してた。『わたしは、今絶不調です』って顔に書いてるようなもんだと、おれも思ってたんだよ。それが、グラウンドに出たとたん、暗さも弱さもきれいに消えちまって、見事なポーカーフェイスじゃないかよ。おまえ、老け顔の強面だから、無表情になるとやたらおっかなくて、相手のピッチャー、ビビらせちまうんだよな。こいつ、役者だなあって、おれは心底、感心したもんだ」

「けっ、おまえにだけは顔のこと、言われたくないね。けど、そんなことあったか？　純一、おまえ、ほんとよく覚えてんなあ。記憶力抜群じゃないか。おれの方が感心する」

「自分がヒーローになった試合を覚えてない方が、どうかしてると思うけど」

「いやぁ、ヒーローにはしょっちゅうなってたからな」

「うわっ、恥ずかしすぎる科白だ。まったく、厚かましいのだけは変わってないな」

石堂がわざとらしく、嘆息する。八尾は声を上げて、笑った。酒を酌み交わせる歳になっても、石堂といると気持ちは瞬く間に十代に引き戻される。ひたすら白球を追っていたころに、戻って行く。物言いも笑い声も、おそらく顔つきも若々しく張り詰める感覚がするのだ。

甲子園には八尾の方が一足も二足も先に、乗り込んだ。二度、選抜に出場し、甲子園で勝ち星をあげることができた。

甲子園から帰郷した夜も、石堂と酒を飲んだ。

「羨ましいな」

石堂は素直に羨望の言葉を口にした。

「指導者として甲子園に乗り込んで、勝利を味わえたなんて、羨ましい限りだ」

「おまえだって可能性がないわけじゃない。選手たちには三年間しかないが、おれたちの持っている時間はずっと長いんだ」

「そうだな。確かにそうだが……」

「どうした？」

「いや……おまえの言うとおりだ、和利。おまえでも百年に一度くらいは、いいことを言うもんだな」

ビールのグラスを持ち上げ、石堂は微かに笑った。珍しく、気弱な笑みに見えた。

石堂が吐血して病院に搬送されたのは、それから一年も経たない夏の終わりだった。余命を一年と区切られるほど、病は深く身体を蝕んでいた。

石堂の妻からそれを告げられたとき、八尾は絶句したまま暫くの間動けなかった。棒立ちになる。

〝豹柄男〟が病気に負ける？　そんなこと、あるもんか。

心の中で幾度も叫んだ。

「あの人には病名を告げてないの。でも、薄々とは勘付いているみたい。甲子園はもう無理かななんて……呟いてたから。ごめんね、こんな話で電話したりして……けど、八尾くんだけには、報せておきたかったから……」

すすり泣きが耳を素通りしていく。

石堂は、高校時代からこの女性一筋だった。校内でうわさになるほどの大恋愛の末、大学卒業を待って結婚した相手だ。

野球も恋愛も一途（いちず）な男だったのだ。

「おまえが恋愛小説を書く気なら、ネタは提供するぞ」

「は？　恋愛小説って、な、何だよ。いきなり」

「へへ、ごまかすなって。おまえ、好きだろ。恋愛小説。読むだけじゃなくて書くのも好きだよな」

「ななな、何で、そっそんなことを……」

「知ってるさ。鉄壁の三遊間コンビじゃないか。隠し事なんてできっこねーぞ」

棒立ちになったまま、八尾はなぜかそんな会話を思い出していた。石堂の結婚式の朝、控え室でコーヒーを飲んでいたら、花婿に話しかけられたのだ。胸に薔薇（ばら）を挿した礼服を冷やかしてやるつもりが、逆にからかわれてしまった。

どうして、あんなことを思い出したのだろう。

胸に薔薇を挿した石堂、ビールのグラスを手に語っていた石堂、ヒットを放ち塁間を駆け抜ける石堂、打球に飛びつき転がる石堂。

瞬きする間に、石堂の姿が時間を遡（さかのぼ）り次々と眼裏に浮かび、消えていく。

信じられない。信じられない。どうしても信じられない。これは何かの間違いだ。誤診だ。そう、誤診に違いない。

八尾の声にならない叫びを嘲笑（あざわら）うかのように、石堂は会う度に痩（や）せて窶（やつ）れていった。

「なぁ、和利。来年から海藤の監督を引き受けてくれないか」

石堂から不意に頼まれたのは、亡くなる三月前だった。公立高校の教師として、来年あたりは転勤の辞令があるとは予想していた。野球部監督として八尾を受け入れたい学校は数多あり、母校を含む幾つかの私立高校からも、監督就任の打診があった。いずれも、破格の待遇を提示したうえでの要請だった。

海藤か。

八尾は小さく唸っていた。

まったく選択肢になかった名前だ。

「和利、無理を承知で頼む」

「よし、わかった」

石堂に向かい頷く。そのときには、既に心が決まっていた。

海藤に行こう。

死の病床につく親友の頼みを断れるほど、強くはなかった。しかし、八尾の心を動かしたのは石堂に対する情だけではない。弱小野球部を鍛え上げ、育て上げ、甲子園という大舞台に立たせる。指導者としての血がざわめくような夢ではないか。

石堂が大きく息を吐き出した。

「すまん……和利」

「馬鹿野郎。何で、謝ったりするんだ」

「おまえに、おれの夢を押しつけた」

「夢、か」

「ああ夢だ。海藤の監督として甲子園に出場する。それが、おれの夢だった。諦めなければ、たいていのことは叶う。教師としても、監督としても、子どもたちに伝えたかったんだ。口でいくら繰り返したって心には響かんだろう。だから、現実に……示したかった。それが、甲子園に出ることで……」

「純一、苦しいのか」

「少し……息が痞えるような気が……する」

「あまりしゃべるな。もういい」

もういい。おれは、おまえに夢を押しつけられたんじゃない。同じ夢を見ようとしているんだ。おれとおまえの夢は、ぴったり重なっているんだよ。

告げようとしたけれど、石堂は固く目を閉じたまま浅い眠りに落ちていた。そして、夏がたけなわを迎えたころ、息を引き取った。

八尾は海藤高校に赴任した。そして、思いの丈を込めて指導に当たったのだ。自分と石堂と、二人の夢を背負っているつもりだった。

辞めるわけにはいかない。

唇を嚙む。

こんな中途半端なまま、背中の夢を放り出すわけにはいかないんだ。諦めるな、逃げるな、去なすな。何のために今まで、野球と関わって来たんだ。

自分に言い聞かす。萎(な)えそうな心を奮い立たせる。

そして、時任たちが卒業して一ヵ月後の四月、小城たち一年生が入部してきた。

「なんで、野球部に入ったんだ」

八尾の問いに、後にチーム全員からキャプテンに推される尾上守伸が答えた。

「野球が好きだからです」

単純極まりない返事だった。その返事を聞いたとき、鳥肌が立った。一瞬、呆然(ぼうぜん)とした顔つきをしたのだろうか、尾上が戸惑うように黒目を動かした。

「そうか、野球が好きか」

「はい。みんな、そうだと思いますけど……」

尾上の黒目が動きを止め、八尾を見詰める。

他にどんな理由があるんですか。

そう問い返しているようだった。

「おまえ、野球が好きか」

尾上に再び尋ねたのは、一年四ヵ月後、三年生が引退し尾上たちを中心に新チームを結成して間もなくの頃だった。

尾上はキャプテンに選ばれ、レギュラーから外れた。キャプテンに選んだのは部員たちであり、レギュラーから外したのは八尾だった。尾上のポジションはショートだったが、守備のセンスも打撃力も柘植の方がはるかに勝っていたからだ。柘植だけではなく、新チームのレギュラー陣はみな粒がそろっていた。技術や能力の面だけでなく、野球に関わる姿勢が真摯で貪欲だった。

上手くなりたい、強くなりたい。存分に楽しみたい。

想いが満ち溢れ、波動のように広がり、伝わってくる。

このチームは強くなる。

海藤に来て、初めて確かな手応えを摑んだ。

尾上はプレーヤーとしては凡庸かもしれないが、チームの要となれる人格と人望を備えていた。尾上をキャプテンに選んだ選手たちの眼を頼もしいと思う。ただ、尾上の胸中を考えると、いささか引っ掛かるものがあった。

百人近い部員を抱え、一軍、二軍とチームを分かつほどの強豪校ならいざしらず、海藤は当時三十人に満たない小所帯だった。チームメイト一人一人が密接に結びつき、気質も嗜好も家族構成まで熟知していた。それが強みではあったのだが、レギュラーから外れた尾上にとって居心地の悪さに繫がりはしないか。しかも、守備に安定した力を持つ石鞍と打撃力に秀でている水渡、後輩二人をレギュラーに抜擢している。

「もちろん、好きですよ」

やはり、単純で真っ直ぐな答えが返って来た。

このチームは強くなる。

確信できた瞬間だった。

尾上の内に鬱屈がないわけではない。まだ十七歳の少年の前には、努力だけではどうしようもない壁が立ちはだかっているのだ。傷ついたプライドや落胆を抱え去って行った多くの選手を、八尾は見てきた。現役のときも、監督としても。

その鬱屈をプライドの疼きをひとまず呑み込んで、尾上はチームに留まり、キャプテンを引き受け、野球が好きだと答えた。そんな男が要に居るチームが脆いわけがない。

強くなる。絶対に。

八尾の確信は外れなかった。

尾上を中心にチームはまとまり、日を重ね、試合を経験する度に強靭にしなやかに逞しく変わって行った。小城直登という好投手の存在も大きかった。

そして、今年の夏、海藤高校野球部は地区予選の決勝まで勝ち進み、あと一歩及ばなかった。

終わったか。

サヨナラホームランを打った東祥学園の美濃原がホームベースを踏んだ瞬間、八尾はこぶしを強く握りしめていた。

これで、終わった。

傍らで嗚咽が聞こえた。

尾上がベンチに座り込み、帽子で顔を隠している。その帽子の下から抑えようとして抑えきれない泣き声が漏れている。

よくやったな。

八尾は震える背中を胸の内で労わった。

よくやった。よく耐えた。よく自分と戦った。よく自分に負けなかった。おまえは見事だったぞ、守伸。

愛しさが込み上げてくる。

尾上だけではない。グラウンドから引き上げてくる選手一人一人が愛しい。ベンチに控えている選手全員が愛しい。

おれの教え子たちだ。

おれが育て、おれを育ててくれた子どもたちだ。

胸がざわついた。

唐突に時任の顔が浮かぶ。卒業し去って行った部員たちの顔が、八尾の脳裡で風に散る桜のように舞った。

「あっ」。小さく叫んでいた。風景が揺れた。一瞬、目の前が暗くなる。

そうか、そうだったのか。

おれは、あいつらをこんな風に愛しめなかった。

気がついた。やっと思い至った。

石堂のことばかりを考えていた。石堂のために、石堂の遺志に応えるために野球をやっていた。自分のチームだと感じたことは一度もなかった。

何という監督だ。

選手たちがそっぽを向くのも当たり前じゃないか。

気付くのが遅すぎた。

尾上の嗚咽を聞きながら、八尾は眼を閉じた。鼻孔にグラウンドの匂いが染みてきた。


八尾は大きく息を吸い込んだ。そして、吐き出す。

「……最後に、これだけは言っておく」

少し掠(かす)れた声で続ける。

「おまえたちは東祥に敗れた。それは事実だ。そして、こんな変則的な形で甲子園に出場することになった。いろんな意味でプレッシャーがかかってくると思う。それを重荷とするか、幸運と考えるかはおまえたち一人一人の問題だ。ただ、おれは、素直に嬉(うれ)しい。おまえたちとの野球がまだ終わっていなかったことが嬉しい。そして、甲子園に出ようが出まいが、おまえたちは……おまえたちは、おれの誇りだ。そして、おまえたちの野球なら甲子園で十分に通用する。それを忘れんでくれ」

おれは、おまえたちが誇らしいんだ。

「よっしゃあ」

尾上が声を上げ、こぶしを高く掲げた。

「みんな、また一緒に野球がやれるぞ。しかも、あの甲子園で」

「おうっ」

山中が吼えた。

「そうだ。また、やれる。みんなで甲子園に繰りこもうぜ」

「でもって、監督を胴上げしちゃおうか」

「おい、五森、それって優勝するって意味か」

「あったりまえ。ここまで来たらそれしかなかんべよ。なぁキャプテン」

「おう。みんなで監督、胴上げだ。やろうぜ」

尾上がさらに高く、こぶしを突き上げた。選手全員の手が高々と上がる。風になびく若い木々に似て、褐色の腕が揺れ動いた。


線香に火をつける。

漂う薄煙の中で手をあわせる。

花筒には、まだ新しい菊とトルコ桔梗が活けてあった。

午前中に家族が墓参りにきたのかもしれない。

今日は、石堂の四回目の命日になる。どうしても今日中に墓参りをしたくて練習を一時間だけ抜けてきた。だから、ユニフォーム姿のままだ。

「純一、海藤が甲子園に行くぞ。あの球場で戦うんだ。空からじっくり見ていろよ」

石堂家之墓。

そう刻まれた墓石に語りかける。それから立ち上がり、もう一度合掌した。

墓石は何も答えない。蟬の声だけが耳に響いてくる。

「先生」

声がした。

え？ 墓石が呼んだ？

「先生、お久しぶりです」

振り向くと、背の高い青年が向日葵の花束を手に立っていた。

「時任か」

「はい。ごぶさたしています」

「いや、ずい分と大人になったもんだ。見違えるほどだな」

「はは、いつまでも高校生のままじゃいられませんから。もうすっかり、おっさん気分です」

「ぬかせ。まだ、やっとこ二十歳のくせに。おっさんを気取るのは十年、早い」

「先生、相変わらずですねえ。ちっとも変わってないや」

苦笑いを浮かべて、時任は向日葵を花筒に入れ、深く頭を垂れた。石堂は向日葵が好きだった。夏を象徴する花の鮮やかな黄色を好んでいた。

「すまなかったな」

時任の背中に呟く。

「え？　何か？」

「いや……何でもない」

詫びてすむことじゃない。詫びても詫びても、時任たちとの時間は取り戻せないのだ。もう少し、おまえたちの中に踏み込んでいけばよかった。誰のためでもない、おれ自身のための、おまえたちのための野球をすればよかったんだ。すまなかった。

「応援に行きます」

長身の時任が僅かに身を屈めた。

「うん？」

「甲子園。OBとして応援に行きます。木村も市井も辻本もみんなはりきってますよ。OB会を結成して寄付金を集めようって。うちの高校、予算がないこと、みんなわかってますから」

「それは助かるな」

「監督も喜んでるでしょうね」

時任が墓石をちらりと見やる。向日葵のおかげで、墓前がずい分と華やかになった。

「……そうだな」

時任にとって、監督と呼べるのは石堂一人なのだろう。

監督。重い呼び名だ。

「海藤の甲子園出場が決まったって聞いたとき、自分でも驚くほど嬉しくて……。ほんとに、何でこんなに興奮するんだって、自分が不思議なほどでした。嬉しかったです。応援に行きます。甲子園のアルプススタンドから木村たちと大声援を送りますよ」

「うん。ありがとう。選手たちには何よりの力になる。いや、選手よりおれが力を貰えるだろうな」

本音だった。

支えてもらえると感じていた。

「楽しみにしています」

頭を下げ、時任が背を向ける。あの卒業式の朝のように。

「時任」

今度は、去って行く背中に呼び掛けることができた。

「おまえ、それを伝えるためにおれを待っててくれたのか」

「待つ？　いいえ、偶然ですよ。たまたま、先生に出会えたから、おしゃべりしただけです」

偶然？　嘘が下手だな、おまえは。

少し萎れた向日葵の花が、時任の立っていた時間の長さを教えてくれる。

「甲子園が終わったら、一緒に飲むか」

「いいですね。みんなにも伝えときます」

「ああ。頼む」

「じゃあ、また」

生い茂った木々の向こうに青年の後ろ姿が消えた。

雲に隠れていた日がまた、地に降り注ぎ始める。

暑い。

見上げた空に入道雲が広がる。

さあ行こう。部員たちが待っている。

肌を刺す光と蟬しぐれの中、八尾はグラウンドに向かって歩き出した。

眼差しの向こう側

わたしは、夕暮れの校門が好きだ。

よく晴れた日の夕暮れ時、門柱にちょっとだけ背中を預けて立っている。部活の無い生徒たちはとっくに下校しているから、この時間、校門を出て行くのは、ほとんどが部活動を終えた人たちだ。ある人は追われるような急ぎ足で、ある人はのろのろと足をひきずるように、家路を辿る。

「腹減ったぁ」

「くそっ。マジでむかつく」

「ねえ、ちょっと、あたしん家に寄ってかない」

「記録がいまいちなの、けっこう、辛いよね」

「なあ、今度の試合だけどさ相手チームの……」

「バイ。またな」

「明日、雨かもよ」

高かったり低かったり、軽やかに明るかったり、どこか重苦しげであったり、様々な声や言葉がわたしの傍らを通り過ぎて行く。

様々だけれど、どれも若い。高校生なのだから、若いのは当たり前だと言われそうだけど、夕暮れの淡い光の中では、声も肌も髪もちょっとした仕草も若さを際立たせる。

そんな気がする。

海藤高校は、小高い丘の中腹に建っている。だから、校門からはかなりの傾斜の坂道が続いている。冬場、雪が降るとカチカチに凍って、毎朝、何人かの生徒が滑って転ぶ。不思議なことに、転んだ者は無数にいるのに、怪我をした人はいない。尻(しり)もちをついて、制服のスカートやズボンを汚すぐらいだ。

「海藤の坂には、神さまがいるんだってよ」

　わたしにそう教えてくれたのは、モリくんだ。

尾上守伸。海藤高校野球部キャプテン。わたしは、モリくんと呼ぶ。小さいころ、四歳とか五歳のころから慣れ親しんだ呼び方だった。モリくんとは、同じ幼稚園、同じ小学校、同じ中学校に通った。そして、同じ高校に通っている。

　入学式の終わった後、二人並んで坂を下りながら、モリくんが坂に住む神さまについて教えてくれた。

「大人の小指ほどのちっこい神さまで、草の陰とか木の根っこの間に隠れてるんだってさ」

「へぇ、神さまのくせに隠れるんだ」

「うーん、言われてみればそうだな。神さまなんだけど、臆病なのかな」

「そんなに小さいとカラスや猫に食べられちゃうんじゃない」

「神さまだぜ。海藤の守り神が食われちまうのかよ」

「あれ、小さい神さまって守り神なんだ。じゃあ、あたしたちを守ってくれるんだね」

「だってよ。海藤の生徒が坂で滑っても怪我しないのは、その神さまのおかげなんだってさ」

「そうなんだ。けど、守り方もちっちゃいんじゃない。もう少し、御利益とか欲しいな」

「馬鹿、そんなこと大声で言うな」

モリくんは、怯えた眼つきで辺りを見回す。なかなかの演技力だ。

「神さまに聞こえたら、罰が当たるぞ」

「罰って？」

「坂の上で足を滑らせて、ころころ転がり落ちちまうんだって」

自分がアルマジロみたいに丸まって、坂を転がっている姿を想像し、わたしは堪らず噴き出してしまった。

モリくんといると、わたしはいつも笑っている。笑っていられる。屈託なく、憂いなく、笑いたいから笑っている。

それが心地よい。

昔からそういう人だった。

他人の笑顔や笑い声が好きなのだ。自分自身がどんなに辛くても、苦しくても、悲しくても、その辛さや苦しさや悲しさを全部抑え込んで、周りを気遣う。

そういう人だ。

傍で見ていると、ときどきせつなくなる。「モリくん、そんなに無理しなくていいよ」と言いたくなる。

「なあ、真由香」

坂を下りきったとき、モリくんがわたしの名前を呼んだ。

ここからは平坦な道が、街中までずっと延びている。川辺の桜並木がまさに爛漫と咲き誇っていた。散る寸前なのに、こんなにも豪奢でいられる。そんな花は他にはないだろう。

モリくんの肩に、風に惜しげもなく散る花弁が、二つ三つ、のっかっている。わたしの髪や肩にも、同じようにくっついているだろうか。

「桜、きれいだね」

わたしは頭上に目をやり、独り言のように呟いてみた。

「おれ、野球部に入る」

モリくんが、前を向いたまま言った。

足が止まる。わたしはモリくんを見た。モリくんもわたしを見ている。視線が絡み合った。こんなふうに見詰め合うのは久々だ。

「そっかぁ」

わたしは、わざと陽気な声を出した。

「やっぱ、野球、続けるんだ」

「うん」

モリくんの返事は短かった。

わたしから目を逸(そ)らし、また、歩き出す。

その背中に小さな花弁がふわりと落ちてきた。

こんなに小さいのに、こんなに淡い色なのに、一群れになればこんなにも絢爛(けんらん)な光となる。

桜って、本当に不思議な花だ。

好きだな。

モリくんの背中を見ながら、思った。

わたしは、この人が好きだ、と。

制服のブレザーがどこかちぐはぐな、まだ大人になりきれていない背中。モリくんは、この背中にどんな荷を背負うのだろう。

わたしは、モリくんが好きだ。

まだ十五歳だった。

大人に保護され、まだ子どもだと言われ、自分たちの生きる世界の外側に何があるのかほとんど知らない。そんな年齢だ。

でも、好きだった。

十五歳の恋をわたしは真剣に胸に抱いていた。

「野球、続けるんだね」

少年の背中に声をかける。

聞こえなかったのだろうか、モリくんは何も答えなかった。


モリくんが野球に夢中になったのは、小学校の四年生のころだったと思う。近所にある少年野球のチームに入ってからだ。それまでのモリくんは、どちらかと言うとおとなしい、控え目な子であったから、モリくんが野球チームに入り、休日のほとんどを試合や練習に費やしていると知って、わたしは少し戸惑ってしまった。

違和感を覚えたのだ。

野球だけでなく、他のどんなスポーツともモリくんは無縁に思えた。

「へえ、あの守伸くんがねえ。野球小僧になったんだ」

母は目を細め微笑み、父は、

「男の子ってのは一度は野球にはまるもんだ。おれだって、中学時代は野球部でクリーンナップを打ってたんだぞ」

と、ビールのグラスを軽く振った。それから、なぜかため息を吐いた。深いため息だった。

「男の子ってのは……いいよなあ」

ほろりと漏れた本音だった。六代続いた造り酒屋の長男である父は、息子が欲しくてたまらなかったのだ。「女の子じゃ跡継ぎにならん」と言うのが、当時の父の口癖だった。もっとも、その老舗(しにせ)の酒屋を家族向けの和風レストランに改装したのは、父自身なのだが。

「息子とキャッチボールとか、やっぱり憧(あこが)れるね。おれの仕事を、いつか継いでもらうって望みも持てるしなぁ」

酔っているのか、酔ったふりをしているのか、父は口の中でぶつぶつと呟き続ける。

母の笑みが掻(か)き消えた。

唇が結ばれ、眉間(みけん)に皺(しわ)が寄った。笑い顔より十も十五も老けて見える。

「ずい分、古い頭をしてるのね。今の時代、キャッチボールするのも跡を継ぐのも、男とか女とか関係ないでしょうに」

「そんなことあるか。男と女じゃ大違いだ」

「あらそうですか。それはどうもおあいにくさま。娘ばかりで残念でしたね」

しらりと冷たい口調だった。

父は黙り込む。黙ったままビールを口に運ぶ。

わたしはリビングを出て行こうと、立ち上がった。

「真由香、ちゃんと勉強するのよ。わかってるの」

母の険しい声が背中にぶつかる。

あのころ、家の中の雰囲気は最悪だった。

「パパ、浮気したのがばれたんだって」

当時、高校一年だった次姉がそっと耳打ちしてくれたけれど、わたしには〝浮気〟の意味を解することができなかった。ただ、家の空気がぎすぎすと尖り、ひどく居心地が悪いことは肌で感じていた。

父が母とは別の女の人を愛し、その人との間に子どもまで儲けていたと知ったのは、ずっと後になってからだ。

その子は男の子だったと教えてくれたのも次姉だ。

わたしには、まだ会ったこともない弟がいるのだ。

そう考えると、今でも少し胸が疼く。苦くもあった。舌の先が痺れるような苦味が時折、よみがえる。

「あんたが男の子だったら、こんなことにならなかったのかしらね」

ある日、母がぽつりと言った。

囁きに近かったかもしれない。でも、わたしの耳にははっきりと届いた。言葉が耳にねじ込まれてきたのだ。

父は多忙を理由に月に一日か二日しか帰ってこない。帰ってきても、母と口喧嘩を繰り返し、すぐに出ていく。そんな日々の一日、たぶん、いつもの諍いの後に父が出て行った日の宵だったと思う。わたしは十歳になったばかりだった。

「あたし？」

わたしは目を見張り、母を見詰めた。

この寒々とした家の空気の、父と母との諍いの原因が自分にあるなんて思ってもいなかった。

「あんたがお腹にいるとき、お医者さまがね、男の子だって言ったのよ。それでお父さん、すっかりその気になっちゃって……。もう、大喜びよね。ところが生まれてみたら三人目の女の子。そりゃあもう傍で見ているのが辛いぐらい落胆しちゃって。それからかなぁ。あんまり笑わなくなったのは。ちょっとしたことで苛立って、こっちに八つ当たりして……。まあね、あんたが生まれたころって、思い切ってお店をレストランに変えちゃったときだったからね。口うるさい親戚にあれやこれや言われるし、資金繰りは苦しいしで、いろんなことが重なってたから、疲れてたのよね。だから、あんたが男の子でなくて余計にがっかりしたんじゃない。『何もかもうまくいかない』みたいに思っちゃったんでしょうね。けど、そういうの、誰のせいでもないでしょ。こっちに、当たられたってねえ……。まぁ一番悪いのは、あの医者だよね。糠喜びさせちゃって、さ。取り上げたとき、『おや、女の子でしたよ。とっても元気そうな子ですね』なんて、しゃあしゃあ言うんだもの」

そこで不意に母はくすくすと笑い、肩を揺すった。でも、眼差しは暗いままだった。

「だから、あんたは生まれて当分の間は、男の子の恰好してたのよ。産着も青か黄色しかなくってね。お父さんが男の子用にって、いっぱい買い込んでたもんだから、それを着せるしかしょうがなかったのよ。女の子ってわかってたら、お姉ちゃんの着ていた物が、たくさんあったのに」

わたしは、黙って母の顔を見た。母はわたしを見ていなかった。頬杖をついて、どこか遠くに目を向けていた。

翌日、わたしは一人で美容室に行った。モリくんのお母さんがやっている『ビューティサロン・O』だ。住居と店舗が一緒になっている造りで、小さな木製の看板が軒先に掛かっているだけの地味なお店だった。

わたしの家から、わたしの足で十五分ほどの距離になる。

「ほんとに短く切っちゃうのね」

尾上のおばさんは、わたしの肩まで伸びた髪をブラッシングしながら、何度も念を押した。

「はい」

わたしは何度も答えた。

「耳が全部みえるくらい短くしてください」

そして、口の中で何度もそっと呟く。

「男の子みたいに」

おばさんは鋏と櫛を使って、ばさりばさりとわたしの髪を切り落としていった。オレンジ色のビニールケープの上に黒い髪が塊になって落ちる。

「はい、できあがり」

おばさんがビニールケープをそっと外してくれた。

「真由香ちゃん。短いのもよく似合うね」

鏡の中に髪を短く切ったわたしがいる。

きょとんとした眼つきで、わたしに向かい合っている。

男の子には見えなかった。

「カットだけだし、真由香ちゃんだから特別料金でいいからね」

お小遣いを入れた財布をわたしがしっかり握りしめていたからだろうか、おばさんは料金を半額にしてくれた。

髪を切ると首筋がすうすうする。

わたしは、『ビューティサロン・O』を出ると、そのまま裏手に回った。その日は、野球の練習がお休みで、モリくんが珍しく家にいると、おばさんから聞いたからだ。

モリくんは、日の当たる縁側に腰かけ本を読んでいた。濃い藍色の表紙の分厚い本だった。

わたしは、ほんの少しの間、モリくんを見詰めていた。野球をしているモリくんはどこか見知らぬ人のようであったけれど、静かに一人、本を読んでいる姿はモリくんそのものに思えた。何だか、安堵する。

モリくんが顔を上げる。

わたしに気がつき、ちょっと驚いたように瞬きした。

「誰かと思った」

本を閉じて、瞬きを繰り返す。

「すごく短くしたんだね」

「うん。短くしたの。ヘンかな？」

「いや、よく似合ってるけど」

とてもそっけない口調だったけれど、嘘ではなかった。昔も今も、モリくんは嘘が苦手だ。嘘をつくこともごまかすこともめったにしない。だからあのとき、少年のような髪形がわたしにはよく似合っていたのだろう。

「モリくん」

わたしはモリくんの横に腰を下ろした。日当たりのよい縁側は、ほこほこと温もって気持ちよかった。

「あたしに野球、教えてよ」

「え？　野球？」

「うん。キャッチボールとか教えて欲しいの」

「真由ちゃん、野球をやりたいのか？」

「やりたい。だから、教えてよ」

モリくんは何でやりたいのだと問うてこなかった。首を傾げ、「ふーん」と言っただけだった。

「じゃあ、キャッチボールやってみる?」

「うん、お願い」

モリくんはボールとグラブを持って来て、グラブをわたしに貸してくれた。わたしは、グラブのはめ方さえ知らなかった。

「ぼくが投げるから、真由ちゃん捕ってみて」

モリくんが緩やかにボールを投げてくる。わたしは、慌てて両手を差し出したけれど、ボールはグラブの先に当たり、植木の茂みに転がってしまった。

「手だけで捕ろうとしちゃあだめだよ。身体ごとボールに向かって行く感じじゃないと、ちゃんと捕れないよ」

アドバイスに頷きはしたけれど、半分も、いや、ほとんどを理解できなかった。

モリくんが投げてくる。

わたしはまた、弾いた。そして、わたしの投げるボールはことごとく、とんでもない方向に逸れるのだ。一度などは、廊下のガラス戸を直撃して、わたしは思わず悲鳴をあげてしまった。ひょろひょろと力の無い球だったおかげで、大事にはならなかったけれど。

「ボールをよく見て。目を逸らしたら捕れないから」

「手だけで投げようとしたら、真っ直ぐに行かないよ」

「足をもうちょっと広げて、力を抜いて」

「ボールをしっかり握るんだ」

モリくんの額に汗が浮かぶ。一生懸命にアドバイスしてくれる。でも、わたしはちっとも上達しなかった。

ボールが怖かったのだ。

自分に向かってくるボールが怖い。身が竦(すく)んでしまう。

何十球目だっただろう。捕り損ねたボールがわたしの肩に当たった。鈍い痛みが腕の付け根に広がる。

わたしは歯を食いしばった。

痛みを堪(こら)えるためではなく、涙を零(こぼ)さないために奥歯を力いっぱい、嚙(か)み締めた。

「ごめんね」

モリくんが謝る。

どうしてモリくんが謝るんだろう。ちっとも悪くないのに。モリくんは一つしかないグラブをわたしに貸してくれた。グラブのはめ方もボールの握り方も何一つ知らないわたしに、根気よく付き合ってくれた。本気でアドバイスしてくれた。

「ごめんね、真由ちゃん。痛かった？」

謝ったりしないで。

そんなに優しくしないで。

わたしは、かぶりを振り、モリくんにグラブを返した。

「ありがとう」

辛うじてお礼が言えた。少しほっとした。気が緩んだ一瞬を狙っていたかのように、涙が零れる。

「真由ちゃん……」

グラブを胸に抱き、モリくんが息を呑み込んだ。

「ありがとう、ほんとに……ごめんね」

ありがとう、モリくん。

ごめんね、モリくん。

わたしは駆け出す。一度零れた涙は、もう止まらない。後から後から、湧きだして頬をびしょびしょに濡らす。

なんて、鈍臭い子なんだろう。

自分で自分に呆れてしまう。うんざりしてしまう。

ボール一つ、満足に捕れないなんて。キャッチボールさえ、まともにできないなんて。

首筋が冷たい。剝き出しのそこを風が、無遠慮に撫でて行く。

幾ら髪を切っても、男の子にはなれない。

モリくんみたいには、なれないのだ。

男の子になれないのに、キャッチボールもできないのに、あたしは生きていていいんだろうか。生まれてきて、よかったんだろうか。

十歳のわたしは、泣きながら問い続けた。

答えが欲しかった。

どこにも答えが見つからないなら、見つかるまで探し続けるしか他にない。

生きていていいんだろうか。生まれてきて、よかったんだろうか。

探し続けるしかなかったのだ。

答えを見つけたのは、十四歳の春だった。

モリくんが、くれた。

「おれ、真由香のことが好きなんだけど」

桜吹雪の中で告白された。

中学校の周りも桜並木が続いていて、花散る時季は、校庭の一角がピンク色の花弁に埋もれてしまう。小学校もそうだった。

桜の多い街なのだ。

「ずっと好きだったんだけど」

モリくんは野球のユニフォームを着ていた。中学校の野球部のユニフォームだ。少年野球チームは基本的に小学校卒業と同時に退団しなければならない。モリくんは中学校に入学してすぐ、一分の躊躇いもなく野球部に入部した。他の選択肢なんて一つもないような行動だった。

「おれ、真由香のことが好きなんだけど」

そう言われたのは、練習が終わった後のグラウンドだった。モリくんのユニフォームの前が黒く汚れていたこと、目の縁がほんのりと赤らんでいたこと、「ずっと好きだったんだけど」と言った瞬間、顔を歪めて咳き込んだことをよく覚えている。桜の花弁が何枚か口の中に入り込んだのだ。

わたしは、笑っていた。

おかしくて、嬉しくて、胸が震えるほど嬉しくて笑ってしまった。

「好きだ」という一言が胸を震わせるのだ。

モリくんがわたしを「好きだ」と言ってくれた。そして、わたしはモリくんが好きだった。ずっと好きだった。

そうかと、わたしは思った。

わたしは、モリくんみたいな人をちゃんと好きになれたのだ。モリくんがどう思おうと関係ない。わたしは、誰かをこんなにも好きになれた。好きだ。大切にしたい。傍にいたい。一緒に生きていきたい。そんな想いを自分の内に育んでいた。

生きていてもいいんだ。

生まれてきて、よかったんだ。

明快な答えをわたしは手に入れた。

わたしは口を開けて笑った。

桜の花弁が喉(のど)の奥まで入り込んできた。

咳き込むわたしを見て、モリくんが「おいおい」と言った。その言い方がおかしくて、顔つきが愛(いと)しくて、わたしはまた、笑う。

十四歳の春だった。

そして、十五歳の春、モリくんはわたしに、野球を続けると宣言した。海藤高校で野球を続けると。

わたしはブレザーの背中を見詰める。

海藤高校で野球を続ける。

モリくんがそう決意するまでに、どれほど思いを巡らせたか、悩んだか、迷ったか、わたしには想像できない。

苦しかったろうなとは、思う。

モリくんは自分の限界を十五で悟っていた。野球って、いえ、他のどんなスポーツもそうなのかもしれないけれど、好きでなければ続けられないが、好きなだけではどこかで行き詰まるもの……なのだろうか。本気で真剣に取り組もうとすればするほど、モリくんは自分の限界を目の前に押し付けられる。

そうか、おれはここまでなのか。

おれは、限界を突破していける選手じゃなかった。限界の前に為す術もなく立ち尽くすしかないプレーヤーだったんだ。

モリくんが聡明でなかったら、あるいは、中途半端に野球に関わることができたら、自分の限界など見ないで済んだはずだ。

モリくんは聡明で、本気で野球と関わっていた。

残酷な競技、残酷な現実。

「モリくん」

花弁の散る背中に声を掛ける。

「どうして野球を続けるの？」

とても、愚かしい問いだった。絶対にしてはいけない質問だったかもしれない。「そっかぁ、やっぱ、野球、続けるんだ」。そこで止めておかなければならなかったのかもしれない。

でも、問うてしまった。

モリくんは立ち止まり、わたしを見詰め、深く息を吸いこんだ。

「好きだからな」

モリくんは、はにかんだように笑い、ふっと視線を遠くに投げた。

大人の笑みだった。

足掻(あが)いて、足掻いて、男の人は大人になっていくものなんだろうか。

わたしはモリくんの視線を追って、春の夕空を仰いだ。

「監督に、よく似たことを訊(き)かれた」

モリくんがほんの少し笑みながら言ったのは、それから二週間ほど経ってからだ。

「何で野球部に入ったんだって」

「うん」

「好きだからですって答えた」

「うん」

モリくんのことだから、何事もなかったかのように、さらりと答えたのだろう。想いを隠したのではなく、一度決めたのなら、全てを受け入れる。凡庸であることも非力であることも、全て引き受けて、野球と関わる。迷いは見せない。

強い人だ。

海藤の選手の誰よりも、強い人だと思う。

二年生の秋、新チームになったとき、選手たちは全員一致でモリくんをキャプテンに選んだ。新チームでレギュラー入りを果たせなかった、そして、これからも果たせないだろうモリくんを、だ。

「どうして、モリくんをキャプテンに？」

わたしは、同じクラスだった小城直登くんに尋ねてみた。がっしりとした体軀(たいく)の長身の人だった。全国でも屈指の好投手になると、監督が認めた選手であるそうだ。

「ああいうやつが、本物の野球選手なんだよなぁ」

モリくんが呟いたのを聞いた。独り言だったと思う。

その声音にわたしは、息を詰めた。それは、今までわたしが聞いたことのないモリくんの声だった。暗くて、重くて、湿っている。悲しげでさえあった。

どんなに足掻いても、追い付けない。

どんなに励んでも、無駄だ。

モリくんの悲しみが、わたしに染みてくる。わかるよ、モリくん。

モリくんの悲しみ……あたしにはわかるよ。そう語りかけることは傲慢だろうか。独り善がりに過ぎるだろうか。『ビューティサロン・O』で髪を切ったあの日、わたしが抱えていたものはモリくんの悲しみに繋がりはしないだろうか。

「ほんと、身体付きから違うからなぁ、野球選手のオーラ出まくりだし。すげえと思う」

口調をからりと軽く明るいものに変えて、モリくんが言った。いつもの、わたしには馴染みの声だった。小城くんの前に立ち、思う。

確かに、違う。

野球をするために生まれてきた人って、本当にいるんだ。

小城くんは、わたしを見下ろし、だって、あいつしかいないだろうと答えた。

「チームの要になれるの、オガしかいないもの。あいつしか考えられなかったぜ、おれ、てか、おれたちみんな」

そうだねとわたしは、頷いた。

モリくんがキャプテンに選ばれたことを単純に喜ぶ気にはなれなかった。モリくんはあの細い背中にまた一つ、荷を括られるのではないかしら。その荷をわたしは担いであげられない。

モリくんの重荷、モリくんの戦い、モリくんの野球。

わたしには手が出せなかった。

わたしにはわたしだけの戦いがある。

モリくんはキャプテンを引き受け、チームをまとめ、高校三年間を野球と共にすごした。そして、この夏、甲子園に行く。

モリくんはまだ戦い続けているのだ。もちろん、わたしの戦いも終わってはいない。父と母は結局、離婚を選び、半年前に父は家を出て行った。わたしは高校卒業後、看護師の道に進むつもりだ。

息を吸う。

息を吐く。

わたしは、この夏、甲子園球場のスタンドで、海藤の選手たちに声援を送る。グラウンドにはいないモリくんに、精一杯のエールを送る。

モリくん、あなたの強さが誇らしいよ、と。

夕暮れの風景を目に焼き付ける。

この優しい、美しい、人や家々の姿を忘れない。

どうしてだか急にそんなことを考えてしまった。

「あっ、待ってんだぁ」

疲れた、でも、陽気な声がした。

小城くんがわたしに向かって親指を立てている。

「ちぇ、いいよなあ。オガのやつ、カノジョと一緒に帰るのかよ。羨ましすぎて、死ねって言いてぇ」

隣のクラスの山中くんは親指を下に向けた。

「おまえとオガじゃ、人格が違い過ぎんの」

小城くんが山中くんの頭を軽く叩いた。それから、後ろを顎でしゃくり、人懐っこい笑みを浮かべる。

「キャプテン、来てるぜ」

わたしは振り向き、グラウンドに向き合う。

そこも夕焼けだった。

すでに、薄闇が溜まっている。

黒い影となって、モリくんが歩いてくる。

モリくん。

ユニフォーム姿のモリくんを、声を出さずに呼ぶ。
モリくんが、わたしに向かって手を上げた。

グラウンドにボールが跳ねる。

三塁線ぎりぎり、難しいバウンドだ。

しかし、三塁手は落ち着いていた。

素早く回り込み、腰を落とし、危なげなく捕球する。

ふーん、かなり鍛えられてるな。

英明（ひであき）は、胸の中で呟いた。

海藤高校のグラウンドに散る選手一人一人を見やる。一週間後には甲子園に乗り込む選手たちだ。よく鍛えられている。

三塁手だけではない、内野陣も外野陣もバッテリーも同様だ。動きに無駄も無理もない。個々が滑らかに動き、その動きがまた滑らかに繋がって行く。

海藤高校野球部の真骨頂は、この手堅い上にも手堅い守りにある。チーム打率は二割台にすぎないが、失点も一点台に止（とど）まっている。地区予選の六試合において、公式に記録されたエラーは僅（わず）か一つだ。

鉄壁の守備という、少し古めかしい言葉が浮かんでくる。この守備陣に、あのピッチャーとなると……案外、やるかもしれんな。

バックネットの裏手に視線を向ける。

そこは、簡単なマウンドが作られた投球練習場になっていた。大柄なピッチャーがキャッチャーを座らせて、ピッチングを行っている。遠目からでも伸びのあるストレートを放っているのが、はっきりと見て取れた。

海藤高校のエース、小城直登。

好投手だとの評判は以前から聞いていた。評判通りのいいピッチャーだと思う。英明も高校三年間、甲子園を目指し野球に明けくれた経験があるから、選手を見定める目はあるつもりだ。

小城なら、甲子園でも十分に通用するだろう。

実力を存分に発揮できれば、だが。

目を細め、今、大きく振りかぶったピッチャーを見詰める。

ちょっと、似てるかな。

似ているかもしれない。

あの腕の上げ方、足の踏み出し方、どこにも引っ掛からない流れるようなピッチングフォーム、いやそれだけじゃなくて、マウンドに佇(たたず)んでいる雰囲気そのものが、似ている。

小城を見ていると、武藤光一の後ろ姿を思い出す。ショートの位置からずっと目にしていた、背中だ。

「よく鍛えられてますね」

カメラマンの長谷部が立ち上がり、膝の砂をはらった。グラウンドの選手たちを地面近くにレンズを据え、撮影していたのだ。英明の指示だった。

「ああ、地区予選の前に取材したときより、さらに鍛えられてるって感じだな。あのときも、おまえと一緒だったよな」

「そうっす。ていうか、ウチには専属のカメラマン二人しかいませんから。おれと三井さんと。んでもって、三井さん、スポーツ関係の撮影、好きじゃないんで、みんな、おれに押し付けるんっすよね」

「押し付けられて、ここにいるわけか」

「あっ、いや、そーいうのとも違います。おれ的には、スポーツのショット好きですから。動きがいろいろで、カメラマンの腕の見せ所っすよ」

「じゃあ、その腕を存分に見せてくれよ。見開き二枚の特集を組むんだから。ぴたっとくる写真がなけりゃ話にならん」

「まかせといてくださいって」

長谷部は、英明に向かってにっと笑って見せた。

もう三十近いというのに、物言いも恰好も今時の若者そのままだ。うわついて軽々しい。グラウンドで懸命にボールを追いかけている高校生の方が、よほど、地に足をつけた安定感がある。ただし、長谷部のカメラマンとしての腕はなかなかのもので、とくにスポーツ選手やダンサーの一瞬を捉える技量には定評があった。

英明が記者として所属する日刊紙『大和タイムズ』のスポーツ面には、長谷部の写真は欠かせないものだ。

「そういやあ、藤浦さんも甲子園球児でしたよね」

レンズを替えながら、長谷部がひょいと問うてくる。

「おまえが言うと、甲子園球児が戦災孤児みたいに聞こえるな」

苦笑するふりをして、聞き流す。頬の辺りが強張ったのが、自分でもわかった。

「確か、準々決勝までいったんですよね」

長谷部は英明の表情にも口調にも、一向に頓着しない。

「グラウンド全体を俯瞰した一枚も、頼む。野球部だけじゃなくて、他の生徒たちもうまく入れ込んでくれ」

「了解っす。集合写真はどうしまっす」

「いらん。選手たちがグラウンドで動いているものだけで、いい」

「おいっす」

「おまえはどうなんだ」

「は？」

「若いころ、何かスポーツをやってたのか」

「藤浦さん、おれ、まだ二十八っすよ。今でも十分、〝若いころ〟の範疇にいますから」

「若いっていうのはな」

英明は、グラウンドに向かって顎をしゃくった。

「あのくらいの年齢を言うんだよ」

「あちゃあ。高校球児と比べられると、かなり痛いっすね」

長谷部がわざとらしく顔を歪める。その表情をすぐに真顔にもどし、グラウンドに向け、シャッターを切り始めた。

英明はゆっくりとバックネットの後ろ側に回る。

海藤高校野球部監督の八尾が腕組みをしたまま、小城の投球を見詰めている。

「監督、今日は取材を許可していただいて、ありがとうございます」

頭を下げると、八尾も帽子をとり軽く低頭した。

物腰が柔らかで、腰の低い人物だ。

監督と一口にいっても、さまざまなタイプがいる。人間なのだから当たり前といえば当たり前なのだろうが、性格にかかわらずマスコミ関係者を嫌う者は多い。八尾のようにきちんと対応してくれる方が珍しいだろう。

東祥学園の不祥事による繰り上がりの甲子園出場。

海藤高校野球部の置かれている状況を考えれば、なおさら、新聞記者など近づけたくはないだろう。『大和タイムズ』がこの辺りを地盤とする地方紙だとしても、だ。

少なくとも、英明が監督なら、大手新聞であろうと地方紙であろうと、ブン屋をグラウンドに入れたりしない。どうしても必要というのなら、監督一人で取材を受ける。

甲子園の大舞台に挑もうとする選手たちは、胸中に高揚と共に怖れを、期待の裏に不安を抱えている。相反する二つの感情の間で揺れに揺れているものだ。己の感情を大人のようにうまく去なせる術を知らず、子どものように素直に吐露できない。

日焼けした顔や髪形のせいで、球児たちは単純で一途な性質のように見られるけれど、それはひどく偏頗な見方でしかない。彼らは、実に複雑で繊細な情動を隠し持っている。そのくせ、やはり単純で一途なのだ。時に姑息な手を使い、卑小でもある。人の裏切り方も愛し方も、決して真っ直ぐではない。

実に厄介で面倒くさい相手だ。

八尾が高校生たちをどう捉えているかわからないけれど、甲子園大会という高校野球の一大イベントを前に、選手たちを不要のプレッシャーから遠ざけたいとは考えているはずだ。それが、まぁ、指導者としての常識というものだろう。

自分の立場で言うのもおかしいが、地元の新聞社に自由に取材を許しているなんて、少し寛容にすぎはしないか。

よほど度量が広いのか、何か下心があるのか、高校生たちの心情にあまりに疎いのか。

「どうです？」

目元に笑みを浮かべたまま、八尾が尋ねてくる。とっさに何を問われたのか理解できなかった。

「は？」

「うちのチーム、どういう風に見えましたか」

あまりに率直な問い掛けに、やはりとっさには返事ができなかった。毒にも薬にもならない社交辞令なら幾らでもいえる。

「評判どおり、よくまとまっていますよね」「選手のみなさんが、はりきっているのがよく伝わってきます」「攻守にわたり、一段と実力をつけたような気がしましたが」「このチームなら、どの強豪校とも互角にやれるんじゃないですか」

そんなおもねりと紙一重の感想を伝える気が起きない。これまでは必要とあらば、幾らでも口にしてきたはずなのに。

「そうですね……」

僅かの時間だが言い淀む。

「浮き足立っているようには見えません。一人一人が落ち着いてプレイしているようで、頼もしいとは思いました。ただ……」

「ただ？」

「ただ、この落ち着き方が妙に気になったのは事実です」

ほうと八尾は声にならない声を上げ、英明に顔を向けた。

赤銅色に焼けこんだ肌に肩幅のある逞しい体軀、意志的な眼差し。高校野球部監督のイメージそのままの人だなと英明は少し感心し、少しおかしかった。

「気になったというのは、どういうことですか」

八尾の物言いが穏やかなものだから、英明の口もつい軽くなる。

「そうですね。あまり上手く説明できないのですが、海藤は甲子園初出場ですよね。選手自身だけでなく、学校自体も」

「ええ」

「だとしたら、もっとわさわさと落ち着かない雰囲気で、いいんじゃないかなと、そんな気がしたんですよ。未知の場所に一歩を踏み出すわけですからね。動揺とか不安とかあって当然で、それは初出場校に限ったものじゃなく、たいていのチームは、それが、古豪とか強豪とか呼ばれるチームであってもやはり、程度の差はあれ感じ取れるものなんです」

「なるほど、そんなものですか。それはやはり新聞記者としての嗅覚なんですか。それとも、藤浦さん独特のカンみたいなものですか」

「記者さん」ではなく、「藤浦さん」と八尾は英明の苗字を呼んだ。初対面のとき――それは、地区予選の始まる一月も前だった。予選大会出場チーム一つ一つを取材して回っていたときだ。ほんの十数行の記事とワンカットの写真のために小一時間ほど海藤のグラウンドにいた――名刺と共に告げた名前を覚えておいてくれたのだろうか。

「そうですね。うーん、おそらく嗅覚の方でしょう。仕事柄、鋭くなってしまうんで。もっとも、ぼくは部外者にすぎません。このチームのことを何一つ知らずに、好き勝手なことを言っているだけなので。ご容赦ください」

「いやいやとんでもない」

八尾は大きな手を横に振った。身体に不釣り合いな、かわいい仕草だった。

「的確な感想ですよ。藤浦さんはつまり、うちの子たちが無理をしてるんじゃないかと、そう感じているわけでしょ」

英明は顎を引いた。

鋭い。

無理をしているんじゃないのか。

確かにそう感じた。

海藤の選手たちは、みな、一様に落ち着き、淡々と練習をこなしている。そんなふうに見えたのだ。

微かだが違和感を覚えた。

甲子園を目前にした選手たちからは、隠そうとしても隠しきれない興奮が伝わってくるものだ。海藤の選手たちは、誰もがはつらつと動いてはいたし、活気に満ちてはいたが、こちらにぶつかり身体を持ち上げるような興奮の情はなかった。

英明には、選手たちが無理やり感情を抑え込んでいるように感じられた。その感覚が正しいのかと問われればあまり自信はないが。

口には出さなかった英明の心内を八尾は容易く見抜いたらしい。帽子をぬぎ、短く刈り込んだ頭髪を撫でた。

「うちの場合、出場決定までの経緯が特殊ですからな。そのあたりを意識するなといっても、まず、無理でしょう。こう言っちゃあなんですが、マスコミでもネット上でも、悪意とまではいかなくても意地の悪い物言いをするやつってのはいますからな」

「ええ……」

よく、わかっている。

人間はときに、信じられないくらい冷酷にも残酷にも攻撃的にもなる。なれる。よく、わかっているとも。身に染みて知っている。

「『棚から牡丹餅』って諺は海藤のためにあるとか、二番手で甲子園に出場するのは海藤だけだとか……まあ、好き放題言われているようですよ。特にネット上ではね」

「……そうですか」

ここに来る前に、英明も確認していた。今、八尾が口にしたものよりずっと露骨な言葉が並んでいた。むろん、素直な祝福や激励も多数交ざってはいたが。

英明が海藤の選手たちと同い年だったのは、もう二十年ちかく昔のことだ。あのころが、今のようなネット社会でなくてよかった。ディスプレイに浮かぶ文字を目で追いながら、我知らず何度もため息を吐いていた。

「選手たちは、そういうの目にするんですか。それとも、ネットそのものを全面的に禁止してるんですか」

「禁止はしていません」

八尾はあっさりと答えた。

「今時の子どもたちですから。パソコンなんて我々にとってのテレビや自転車とそう変わらない。生まれたときから当たり前に暮らしの中にあった道具ですよ。うちは公立で、選手たちは基本、自宅通学をしています。その気になれば、いくらでも覗くことはできますよ。ただね、藤浦さん、わたしがまいったのは、そういう心ない中傷とか、からかいの文句とかじゃなくて」

そこで言葉を切り、八尾はグラウンドに向かって声をかけた。

「尾上、五森に強めのゴロを打て。五森、サードにランナーがいると仮定して動いてみろ」

シートノックをしていた選手が振り向き、大きく頷く。キャプテンの尾上守伸だ。この選手と、小城、郷田のバッテリーには後で取材したいと、密かに思っていた。しかし、今は選手たちより、八尾の言葉の方が気になった。

「柘植、カバーの動きが遅い。あと半歩、前に出ろ」

「五森、まだ、腰の位置が高いぞ。尾上、もう一球だ」

次々に指示を出す八尾の横顔からグラウンドへと視線を移す。

懐かしいな。

不意に思った。

え？ 懐かしい？

自分の感情に戸惑う。

英明の母校は隣県の県庁所在地にある。海藤高校とは百キロ以上離れた場所で、グラウンドの雰囲気も校舎の趣もまるで異なる。何より、母校を懐かしむ気分など微塵も持っていなかった。卒業してから一度も、足を向けていない。

なのに、今、懐旧の思いが一瞬、胸内を走らなかったか。

行き交うボールの白さが、ノックの響きが、選手たちの掛け声が、グラウンドに舞う砂ぼこりの煌めきが、土と風の匂いが懐かしい。

それは束の間で消え去りはしたが、英明を戸惑わせるには十分の時間だった。

懐かしい？

そんなわけがない。むしろ、おれにとって……。

おれにとって忘れ去ってしまいたい記憶なのだ。そして、今までは上手く忘れて来たはずだったが。

白球が跳ねる。

現の球ではない。幻だ。

幻なのに、現のものより鮮明に浮かんでくる。

何でもないゴロだった。バウンドに合わせてすくいあげれば、何なく捕球できるはずだった。もっと難しいコースの打球を何度も処理してきたのだ。

あっ。

どよめきが起こる。人の声が風音に重なり、大きくうねる。

ボールは英明のグラブを拒むように弾き、ファウルグラウンドへと転がった。

どよめきが悲鳴に変わる。


「さっきのお話ですが」

唾を飲み込み、八尾に話しかける。

「匿名の中傷よりも監督を困らせたものというのは、何です」

一呼吸分、間を置き、八尾は答えた。

「激励です」

「激励？」

「ええ、つまり……東祥のためにも頑張れとか、繰り上げの出場だからこそ甲子園で必ず一勝しろとか、そういう類のやつですね。形としてはこちらを励ましてくれているわけで……それだけに、質が悪くてね……」

英明は再び、顎を引いた。

いいのか、監督の立場でそこまで言って。

「子どもたちは東祥のために野球をしているわけじゃない。東祥の選手たちだって、うちに何かを託そうなんて思っちゃいないはずだ」

八尾の声音がやや低くなる。

「子どもたちは、そんないいかげんな野球をやっていないんですよ。ただ野球が好きで、高校生として一日でも長く野球をやりたい。その気持ちだけなんです。誰かのためとか、何かのためとか、あれこれひっつけたがるのは、何というか……大人側の勝手な意図でしかないと、わたしは思うんですよ。うちの子どもたちは、自分たちのために甲子園に挑みます。もしかしたら一回戦で大敗するかもしれないし、優勝するかもしれない。そんなことは、野球の神さま以外には誰もわからないことでしょう。東祥のためにも一勝しろだなんて……。まったく、どういう思考回路をしているのか」

八尾は苦々しげに、口元を歪(ゆが)めた。

「誰なんですか、そんな無神経なことを言ったのは」

「市長ですよ。甲子園出場が決まった翌日、部員の前で激励の挨拶(あいさつ)とやらをしてくれて、そこで……いや、すみません。ここで愚痴るなんて最低だな」

ため息が、八尾の口から漏れる。

「藤浦さん」

「はい」

「うちの子が落ち着き過ぎているという指摘、慧眼かもしれません。たぶん、自分でも気が付かないうちに自分自身を縛っているのだと思いますよ。どこかに余計なものを背負わされているんでしょう。甲子園出場が決まった直後、みんな喜びました。甲子園に行けるってことももちろんですが、このチームでもう少し野球ができることが何より嬉しかったようです。その気もちを思い出しさえすれば、余計な荷を下ろすこともできるのでしょうが」

「でもそれは、簡単じゃないんですか。監督が指導さえすればすむことでしょう。余計なことを考える必要はない、おまえたちの野球を楽しめと言えば、選手たちも気が付くでしょう」

八尾の両眼が瞬く。

「そう思いますか」

「違いますか」

「指摘されて下ろせるような荷なら、とっくに下ろしているでしょう。みんな頭ではわかっていても、心情的にどこか拘ってしまう。いや、拘らされてしまう」

「ですから、そういう呪縛……と言うのは大袈裟ですが、束縛みたいなものを解いてやるのも監督の役目じゃないですか。第一、そんな状態で甲子園に乗り込んでも、実力を出し切れないでしょう」

「それは、どうかな」

八尾が首を傾げた。

「何かを背負っているから不利だとか、解き放たれたから強くなれるとか、そういうもんでもないでしょう。野球ってのは、一筋縄ではいかない深くて広いものですから。それに、どんな理由があろうとも一度背負い込んでしまった荷は、自分しか下ろせないでしょう。選手たち一人一人が、自分のやり方で背中から重荷を下ろしていく。それは、甲子園で勝つことかもしれないし、野球を続けることかもしれないし、まったく別の何かかもしれない……。正直、わたしには見当がつきません。わかっているのは、何を背負おうとも、この夏、あの子たちは甲子園に挑めるということだけです」

「甲子園に挑める……ですか」

いい音がした。

ミットがボールを捕らえた音だ。

小城投手の調子は万全らしい。小気味よくストレートが走っている。長谷部がバッテリーを被写体にしようと、地面にしゃがみこんでいた。投球練習の邪魔にならないように長谷部なりに配慮しているのだろう。

小城が振りかぶり、足を踏み出す。腕がしなり、白球が構えたミットにまっすぐにとびこんでいく。

「八尾さん」

呼び掛けてみて、英明は自分の声が少し掠（かす）れていると気が付いた。

「何でそんな話をぼくにしてくれたんですか」

「記事にしますか」

「そうですね。したいですね。しても構いませんか」

「ええ……いいですよ、藤浦さんなら」

「ぼくを信頼してくれているわけですか」

　していたともしていないとも八尾は答えなかった。

「以前、文化面に『戦争と貧困と文学』というテーマでずっと、本の紹介をしていらしたでしょう」

　グラウンドを見詰めたまま、そう問うてきた。思いがけない問いかけだった。

「え？　あ、ええ。うちは所帯が小さいので、何でもやらされるんですよ。この前なんか、育児グッズの取材にいかされました。ただ、本は好きなので、あのコーナーは楽しかったです」

「ええ、実に優れたブックガイドでした。わたしの好きな本も何冊か入っていて嬉しかったですよ。わたしは国語の教師なので、ああいうふうに社会や時代と文学を結びつけた記事を読むと、わくわくします。こんなふうな視点を持つ人なら、うちのチームのこともちゃんと見てくれるだろうと思いました。東祥の代わりに甲子園の切符を手にしたチームとしてではなく、海藤そのものを見て欲しかったのです。記事の件、むしろ、お願いしたいですね。そうすれば、頓珍漢な激励も少しは減る気がする」

八尾は肩を竦め、くすりと笑った。その笑みが消えた直後、眼差しが俄かに鋭くなる。

「尾上、ちょっと待て。どうも内野陣の動きが気になるな。よし、おれがノックする。全員、もう一歩、前に出ろ」

英明に目礼すると、八尾はバッターボックスへと歩き出した。雲に隠れていた太陽が現れ、地上は盛夏の日差しに照らされる。

暑い。

しかし、甲子園の暑さはこんなものではない。

あの人は知っているんだろうか。

八尾の背中を目で追いながら、考える。英明の頰にも幾筋もの汗が流れていた。

あの人はおれのことを知っているんだろうか。

まさか、そんなことがあるわけがない。

英明は手の甲で流れる汗を拭き取った。


甲子園の準々決勝。

チームは英明のエラーで負けた。

同点で迎えた九回の裏、三塁にランナーを置いてのエラー。

ボールが転がる。

そのボールの行方を追う英明の視界の隅で、三塁ランナーがホームに走り込んだ。

ものすごい歓声だった。

ものすごい悲鳴だった。

そして、あっけない幕切れだった。


誰も英明を責めなかった。むしろ、労(いた)わってくれた。

藤浦、あんまり自分を責めるな。

おまえのせいじゃないって。

いつまでも拘るな。

労わりの一言、一言が胸に突き刺さった。労わられることが、こんなにも痛いなんて、知らなかった。

特にエースの武藤光一の「気にするなって」の一言は、深く胸を抉(えぐ)る。親友だった。「おまえが後ろにいてくれるから、安心して投げられる」とまで言ってくれた相手だった。武藤は右肩の痛みをこらえながら、二対二の投手戦を投げ切っていたのだ。それなのに……。

何という裏切り、何という背信だろうか。

しかし、英明を痛めつけたのは、チームメイトの労わりや武藤の存在ではなく、姿の見えない者たちからの非難や中傷だった。

甲子園から帰って一日も経たないうちに、牙(きば)をむいてきた。

電話や手紙やときにファックスで、英明のエラーを責めてくる。

おまえのミスで負けたのだ、責任を取れ。

母校の戦いをだいなしにした張本人だ。

下手くそ。

土下座して謝れ。

何で見知らぬ他人が、こんなにも敵意を向けてくるのだと、若い英明は震えあがった。

街を一人で歩けないような気さえした。

無言電話にも、差出人の名の無い手紙にも、コンビニからのファックスにも身の毛がよだつ。

わずか一ヵ月ほどの間だったけれど、正体を現さない相手との戦いに英明は消耗し、五キロ近く体重を減らした。偶然のきっかけで匿名の敵の一人が、チームメイトだったと知ったときは、吐き気と眩暈（めまい）に襲われ、丸一日、動けなかった。

何のことだ？

と、そのチームメイトはとぼけた。

何のことだ、おれは知らないぜ。へんな言いがかり、つけんなよな。おれは武藤がかわいそうだとは思ってたぜ。あんなにがんばったのに、つまらない負け方しちまって。おまえだって、申し訳ないって思うだろう。おれに言いがかりつける前に、武藤にちゃんと謝ってこいよ、と。

シラをきり通す男の顔を英明はまともに見られなかった。目が合えば泣き出しそうな気がしたのだ。男も自分もまだ甲子園の日に焼けた褐色の肌をしている。そう思えば、さらに泣きそうになる。

高校卒業を機に、英明は野球と縁を切った。大学では、野球はおろかスポーツとは無縁の日々を送ろうと、読書三昧ですごした。『大和タイムズ』に入社し、去年からスポーツ部門に回された。そこで、否応なく、高校野球と向き合わねばならなくなった。

八尾の腰が回る。

打球が跳ねる。

三塁手がつっこむ。

グラブの先でボールが弾かれる。

五森という三塁手に若い自分が重なる。そして、マウンドにエースナンバーをつけた武藤を見る。

あのときから背負った荷物を自分は、いつどうやって下ろすつもりなんだろうか。

「藤浦さん、こんなもんでいいっすかね」

長谷部がデジカメの画面を向けてくる。

紛れもない野球の場面が鮮やかに切り取られていた。躍動する若者の野球だ。高校生しかできない野球だった。

「見事だな」

「え?」

「見事な腕前だ。見直したぞ、長谷部」

細く整えられた長谷部の眉がひくりと動いた。

「おまえ、ほんとにカメラが好きなんだな」

長谷部の頬が見る間に上気していく。

「ありがとうございます。おれ、運動も勉強もできなくて、根性も無くて、ダメダメ人間だってよく言われてたんす。けど、こいつに出会ったおかげで、ダメ人間でもいいやって思えるようになったんすよ。ほんと、こいつのおかげで」

長谷部の手が愛しそうにカメラを撫でる。

いい笑顔だった。

「よし、試合形式の練習に移るぞ」

八尾の声がグラウンドに響いた。

甲子園に挑める、か。

呟いてみる。

武藤からは毎年、年賀状が届いていた。

今は父親の工務店を継いで、何とか暮らしている。この夏には二人目の子どもが生まれる予定だ。

今年の年賀状にも、高校のときと変わらない丁寧な筆致で近況が綴られていた。そし

て、最後に、

なあ藤浦、あの夏、おれたちが甲子園に挑んだのは事実だよな。

その一行が記されていた。

風がグラウンドから英明に向かって吹いてくる。

遠い昔、甲子園に挑んだ者とこれから挑もうとする者たちと。

風は何の分け隔てもなく、包み込む。

熱い風だ。

年賀状に武藤の電話番号、書いてあったっけな。

熱風に炙(あぶ)られながら、英明はそんなことを考えていた。

夏の真ん中で

ボールが勢いよく跳ねた。

とっさに足が出る。

身体が勝手に動くのだ。

ボールに誘われるように、動く。

「うおっし」

気合いとも叫びともつかぬ声をあげ、柘植慎介はボールに向かって行った。グラブで掬(すく)い上げようとした瞬間、バウンドの角度が変わる。

あっ？

ボールは慎介のグラブを掠(かす)め、後方に転がる。レフトの水渡が拾い上げ、ホームへと投げ返す。

二年生ながら、水渡広樹(ひろき)の肩はチーム随一だ。真っ直ぐな弾道を描き白球はキャッチャー郷田のミットに納まった。ど真ん中ストライク。

　三塁ランナーが慎介のエラーで、一気にホームを狙ったとしてもタイミングはアウトだ。郷田のブロックの堅牢（けんろう）さを加味すれば、その確率はさらに高くなる。

　鉄壁だね。

　慎介が下唇を舐（な）めたとき、八尾監督の怒声がぶつかってきた。

「こりゃあっ、慎介。気を抜くな」

　もう一球だ。その声と共に打球が再び、慎介に向かってくる。

　さっきより速く、強く、高くボールが跳ねる。慎介はバウンドに呼吸を合わせ、グラブを差し出した。

　手応（てごた）え、あり。

「ファースト」

　郷田が一塁を指差す。指示すると同時に、マスクを捨てフォローに走る。慎介はファーストの樹内淳也にボールを送った。

　やばっ。

　投げた瞬間、声を出しそうになった。

　指先が滑った。抑えが利かない。完全なすっぽ抜けだ。

　樹内が精一杯手を伸ばし、頭上を越えようかというボールを辛うじて捕らえる。一八七センチという長身と長い腕がなければ、不可能な捕球だったろう。

「気を抜くなと言っただろうが」

八尾監督の怒声がさらに大きくなる。

甲子園のグラウンドの隅々まで響いた。

「練習ぐらいで、びびっててどうするんだ」

慎介は帽子を取って、頭を下げた。

びびってんのか、おれ？

帽子を被る前に額の汗を拭う。それから、ぐるりと視線を巡らせてみた。アルプススタンドがまさにアルプスの絶壁のように見えた。夏の光を弾いて眩しい。スコアボードの後ろには、巨大な入道雲が湧き上がっている。

甲子園にいるんだな。

ほんとに、甲子園に立ってるんだ。

甲子園で練習してるんだ。

昨日、慎介たち海藤高校ナインは甲子園に入った。八尾監督は「初出場という幟を立てて、堂々と乗り込むぞ」とバスの中で檄を飛ばした。その檄に選手たちは「おう！」と一声、応えた。

そして、今日、甲子園球場を使っての初練習の場に立つ。

「慎介、ぼけっとするな。時間は限られてるんだ。もう一球行くぞ」

ノックの音。

慎介は腰を落とし、地を這うような低いゴロを捕った。捕ったボールをすぐさま、樹内に放った。今度は、ほぼ真っ直ぐに飛び、ファーストミットに納まる。

思わず安堵の吐息が漏れた。

野球のボールというものは、実に気紛れで厄介だ。

取り扱いは大胆に、とっさの判断でやるしかない。そのくせ繊細で丁寧な動きを要求される。

女とどっちが難しいかな。

そう呟いたのは、小城直登だった。

まだエースナンバーを付ける前、間もなく二年生になろうかというころ……そう、春休みの最中だった。風は冷たいけれど、真冬のような鋭さは失せていた。風の穂先は柔らかく、仄かに花の匂いを孕んで甘い。

直登と二人、練習球の掃除をしていた。

一球、一球をタオルで拭き、汚れを落とす。単純でおもしろみのない作業だ。誰もが敬遠するこの仕事が、慎介はなぜか好きだった。

「何が難しいって？」

手を止め、直登を直視する。そのころから直登は既に、大人の顔をしていた。大人の顔とはどういうものだと問われたら、上手く説明できないけれど、ともかく子どもとは違う。大人の顔なのだ。

年齢はあまり関係ない。

二十歳を過ぎても、三十前でも、四十歳になってもまだ、ガキンチョの幼さを引き摺っているやつはいる。案外、多くいる。

直登はまだ十六歳だったけれど、一人前の大人に、男に見えた。年齢は関係ない。そして、たぶん、顔形もそれほど関係ないだろう。

慎介はどちらかというと童顔で、体軀もそう大きくないので、まだ時折、中学生と間違われる。確実に大人びてくる同級生やチームメイトが羨ましかった。

「なあ、何が難しいって?」

問い掛けを重ねる慎介をちらりと見やり、直登は「だから」と、眉根を寄せた。

「このボールを扱うのと女を扱うのと、どっちが難しいかって……ふっと思ったんだ」

慎介は口の中の唾を我知らず呑みこんでいた。

「あっ、そういうこと。へぇ、そーいうこと考えたんだ」

何気なく聞こえるように、慎介は軽い調子でしゃべった。内心、ボールと女を比べ、さらりと口にする直登に驚いていたし、怯んでもいた。

やっぱ、ピッチャーになろうかってやつは、違うんだな。

そんなふうに感心している自分がひどく子どもっぽいようで、恥ずかしい。

縫い目の色も褪せた練習球を慎介は力を込めて、磨いた。手に馴染んだ硬式ボールの感触が、急に艶めいてきたようで、手のひらに汗がにじむ。それも、恥ずかしい。身体が火照るほど、恥ずかしかった。

あれから一年以上が過ぎ、慎介はずい分とボールの扱いが上手くなった。女の方は不得手なままだけれど。

とても素直かと思えばやけに猛々(たけだけ)しくなる。グラブに真っ直ぐに飛び込んでもくるし、イレギュラーし、とんでもない方向に跳ねてしまいもする。気紛れで我がままで、愉快で楽しい。

なるほどボールって、女の子みたいなんだ。

やっとわかりかけた気がした。わかれば、もう少し深く付き合ってみたくなる。

もっと深く野球と関わりたい。

もっと深く野球を知りたい。

本気でそう考え始めたとき、慎介は三年生になっていた。

高校生としての最後の夏。

甲子園に挑む最後のチャンス。

甲子園という場所に立てば、自分の中で何かが大きく変わるように思えた。野球にもう一歩、踏み込めると。

しかし、届かなかった。

地区予選の決勝戦で敗れた。

九回の裏、絵にかいたようなサヨナラ負けだった。

頭上に白い軌跡を描いて、ボールがライトスタンドに吸い込まれていく。ホームランの軌跡を目で追いながら、慎介は「あぁ、終わったんだ」と声にしていた。

甲子園は伸ばした指先をかすめ、遠ざかってしまった。もう二度と触れることは叶わない。

落胆というには、あまりに苦い思いだった。

ここまで来て、終わりかよ。

苦くて堪らぬ思いを吐き出すように、慎介は何度もため息を吐いた。いくらため息を吐いても、現実は変わらない。勝利にヒーローはつきものだけれど、敗北は選手全てが引き受けるものだ。海藤の選手の一人として、慎介もまた、決定的な敗北を甘受するしかなかった。

甲子園を目指した球児から、ごく普通の高校生に戻ったとき、その高校生活も残り九カ月をきっていた。現実が眼前に立ち塞がる。

高校を卒業したらどうするのか。

未来への新たな選択を迫られている。

甲子園という存在はあまりに眩しくて、全てを光の下に隠してしまう。けれど、光が翳れば様々なものが露わにもなるのだ。

今まで先送りにしてきた進路に、慎介だけでなく海藤高校ナインはそれぞれに向かい合わねばならなくなった。

「柘植、おまえはどうすんの？」

郷田が問いかけてきたのは、甲子園への道が断たれた翌々日だった。ふらりと寄った書店で偶然出会い、駅までの道を二人で歩いていたときだ。

郷田は八月から塾の夏期講座を受けるつもりだと言った。

「ナオも誘うつもりなんだ。あいつ、魂抜け状態でぼけーっとしてっからさ。塾でも何でも外に引っ張り出そうって思って」

郷田は本気で直登のことを案じていた。中学生のときからずっと一緒に野球をやってきたというバッテリーの間には、慎介には窺い知れない絆があるのかもしれない。

「そりゃあな、小城にしたらおれらの何倍ものショック、受けてんだろうからな。魂抜けも魂落ちもするよな」

「うん。けど……いつまでも、ぼけーっとしてるわけにはいかないだろうが。時間はどんどん過ぎて行くだけだし……」

そこで、郷田は視線を慎介に向けて問うてきた。

「柘植、おまえはどうすんの？」

一瞬、息が詰まった。

おれ？　おれは、どうするんだろう？

どうするつもりなんだろう？

答えはまだ摑んでいなかった。いや、摑んだ答えを口にするのが躊躇われた。それなのに、すらりと返事をしていた。

「おれは、親父の店を継ぐつもり」

「イタリアンレストランのシェフになるわけか」

「そう。だから大学には行かない。専門に進学するつもり」

「料理系の？」

「調理系って言え」

「なるほどな。けど『ポポス』の後継者って、かなりハードル高ぇぞ。どの料理も、ほんと美味いもんなあ。うちのおふくろなんて、『ポポス』で飯を食うのをどんだけ楽しみにしてるか。なんてったって、メニューをコピーしてキッチンに貼ってあるぐれえだからな」

「そりゃあどうも。そういえば、うちの親父、みんなにランチをご馳走する気満々なんだけど、どうする？」

「あーっ行きてぇ。ピザ、がっつり食いてえ。けど、ナオがあれじゃあなぁ」

郷田は小さなため息を吐いて、空を仰いだ。

「せっかくの『ポポス』のピザ……できたら、祝賀会で食いたかったな」

言っても詮無いことを口にしたとき、人は誰でも苦味を覚えるものなのだろうか。郷田の口元が僅かに歪んだ。

慎介の口元も歪んでいるはずだ。

詮無いことを口にしたからではない。迷っているくせに、迷っていないふりをしてしまったからだ。

野球がやりたかった。

ずっと野球と関わっていたかった。自分がプロになれるほどの選手ではないと、それくらいはわかっている。しかし、プロになることだけが、野球に関わることではないだろう。

指導者になりたかった。

八尾監督のように、なりたかった。

選手を育て、鍛え、野球をやりながら生きる。そういう人生、そういう未来を夢見ていた。

甲子園が目標ではない。

甲子園を目指す選手たちと共に、挑み続ける者でありたいのだ。

その思いを口に出来なかった。

父の後を継いで料理人になると初めて公言したのは、まだ小学四年生、十歳のときだった。戯れではないが、軽い気持ちで言葉にした。

「父さん、おれも父さんみたいなシェフになるからね」

父の和成(かずなり)が、あんなに喜ぶとは思ってもいなかった。和成は両手で、息子を力一杯、抱き締めてきたのだ。

「そうか、慎介が継いでくれるか。おれの仕事を継いでくれるんだな。よしっ、今まで以上にがんばるぞ。いやぁ、がんばれる」

子どものようにはしゃいで、楽しげに笑った。その後ろで、母の保美も満面の笑みを浮かべていた。

和成は保美の再婚相手だ。慎介が小学校に入学した春、新しい父親になった。だから、慎介とは血の繋がりはない。そして、再婚からちょうど一年後の春、『ポポス』を開店させた。さらに一年後には、妹の珠絵が生まれた。

何の不満もない。

和成は父親としても大人としても、おそらく料理人としても申し分のない男だった。寡黙ではあったが大らかで優しく、懸命に働いて家族を支えている。

尊敬していた。

家族は、父も母も妹も、好きだ。

ときに鬱陶しくも、厄介にも感じるけれど、それは〝ときに〟の感情に過ぎない。慎介にとって、血が繋がっていようといまいと、家族は大切な存在だった。

『ポポス』の厨房に満ちている諸々の匂い、茹であがったパスタの、蕩けていくチーズの、新鮮な野菜に振りかけられたビネガーの、つんと屹立した香味野菜の匂いが好きで、諸々の音、包丁のリズミカルな、食器の触れあう澄んだ音、スタッフに何かを命じる和成の低いけれど陽気な声が好きだった。

白衣に身を包んで働く和成を頼もしいとも思った。実父は、慎介が一歳になる前に家を出ていった。慎介にとって、父と呼べるのは和成だけだ。

父を落胆させたくない。

そんな思いが慎介の心底にいつの間にか芽生えていた。

「父さん、おれも父さんみたいなシェフになるからね」

十歳の自分が発した一言に囚われている。

囚われていると気がついたのは野球と出会ったからだ。中学では陸上部に所属して、かなりの成績を収めていた。海藤高校に進学し、硬式野球部に入部したのは、グラウンドで練習している野球部員のユニフォーム姿がやけにかっこよく見えたのと、中学生のときから仲のよかった尾上守伸が入部を誘ってくれたからだ。我ながら単純だな、と今でも時折おかしくなる。

少年野球チームに所属し、小学生のときから硬球に慣れ親しんだ部員が多くいる中で、かなりの立ち遅れだったかもしれない。その分、新鮮だった。

打つことにも、捕ることにも、投げることにも新鮮な高揚感を覚えた。一つ一つのプレイが心身に沁み込む。

慎介が野球にのめり込むまでに、そう時間はかからなかった。

尾上の存在も大きかったと思う。

慎介を野球と結びつけてくれた。ショートのレギュラーポジションを競い合った。慎介の控えに甘んじながら、キャプテンの重責を担っている。

でっかいやつだな。

つくづく感心、いや、敬服さえしてしまうのだ。

おれなら、多分、心に抱えた屈折を露わにしてしまう。野球から目を背けてしまう。

それをしなかった尾上に敬意さえ抱くのだ。

小城直登もおもしろかった。

十年に一度の逸材だの、屈指の好投手だの騒がれ、騒がれるだけの実力を備えたピッチャーであるにも拘わらず、「ボールを扱うのと女を扱うのとどっちが難しいか」なんて科白をさらりと口にできるにも拘わらず、好投手に必須の強気も己への誇りもたっぷり持っているにも拘わらず、妙に人懐っこくて妙にヘンテコな面があった。

和成の手作りバルサミコ酢が好物で、パンにも肉にもつけず、それだけを舐めていたりする。

「ナオ、おまえ、バルサミコ酢をオッパイがわりに大きくなったのとちがうか」

「マジ、そうかも。もしかして、おれイタリア人か。モッツァレラモッツァレラ、ビバイタリアーノ」

「どう見ても純和風の顔してるけどな」

「純和風の顔ってどんなんだよ」

「そりゃあ、和式便器みたいな顔に決まってんだろうが」

「おれは便器顔か」

そんな、愉快でくだらないやりとりを郷田としょっちゅうかわしていたりするのだ。相手になる郷田も、いかにもキャッチャーらしい大らかな気質で一緒にいて心地よかった。

要するに、慎介は海藤高校野球部が好きなのだ。三年間、このチームで野球をやれてよかったと本気で考えていた。それは高校を卒業してからも野球と関わっていたい、指導者として野球を続けたいという思いへと昇華していく。

もし甲子園に出場できたら、この思いを父に打ち明けよう。

三年生になった春、密かに心に決めた。

決意は自信の裏返しでもある。

このチームなら勝ち抜いて、甲子園に手が届く。

自惚れでも過信でもなかった。自分も含めた海藤高校というチームを過不足なく信じただけだ。もっと言うなら、進路などどうでもよかった。未来にあるのはレストランのシェフとか高校野球の指導者とか現実的な職業ではなく、甲子園という光源だけだった。

甲子園へ。

このメンバーで甲子園へ。

それだけが未来だった。それだけを考えていた。他のことはどうでもよかった。夏が近づくにつれ、慎介の内からは甲子園と野球以外のものが抜け落ちて行ったのだ。

サヨナラ負けを喫したと同時に光源が消えた。

真正面から自分の未来と向き合わねばならなくなった。見回せばクラスメイトの大半は進路を決め、動き出している。三年生の夏なのだから、当たり前だった。

どうしようか。

ひとまず脇に押しやっていた夢が疼き始める。

保美が幾つかのパンフレットを慎介の前に並べたのは、疼きを確かな律動として感じるようになった時期だった。

「お父さんと相談して、ここはって思う学校を選んでみたの。もちろん、あんたの意思が一番なんだけど、やはり実績があるっていうか、説明会とか覗いてみて、これならってとこ、選ばないとね」

パンフレットは全て調理専門学校のものだった。

「ここは、あんたも名前ぐらいは知ってるでしょ。歴史があって有名な料理人をたくさん輩出してるところよ。卒業後の留学制度もあってね。こっちは、もう少し小規模なんだけど」

慎介は母の言葉を遮って、伝えたかった。

母さん、おれ、もう少し野球を続けたいんだ。

大学の教育学部に進んで高校教諭の免許を取得する。自分と同じ高校球児を指導し、甲子園の土を踏む。

そういう道を選びたいんだ。

「お父さんはね、絶対にこっちの学校がいいって言うの。すごく入学金が高いんだけど構わないって。母さんが反対したら、慎介のためなら金のことなんかちまちま言うなって、叱られちゃった」

保美は童女のような仕草で肩を竦め、笑った。

『ポポス』の評判は上々で流行ってはいたけれど、開店時のローンはまだ残っていて、暮らしにさほど余裕があるわけではない。家の経済状況は薄々とだけれどわかっていた。

そんな中で和成は、息子のためなら掛かりを惜しむなと言ってくれたのだ。

「お父さん、こんなレストランを開くのが長い間の夢だったのよね。それをあんたが継いでやるって言ってくれたの嬉しかったんでしょうね。おれみたいな者にも後継者ができたんだなって。『ポポス』はお父さんにとって、もう一人の子どもみたいなものだから……慎介、ありがとう」

保美が軽く手を合わせる。

「『ポポス』のこと、頼むわね」

慎介は黙り込むしかなかった。

長い間、女手一つで育ててくれた母にも、母と自分を引き受け本物の家族を作ってくれた父にも感謝している。裏切りたくはない。

野球、諦めるか。

甲子園の道は断たれた。あのホームランボールを見送った時点で、全てを諦めるべきだったのかもしれない。

光源が再び輝くなんて思いもしなかった。誰も思いもしなかっただろう。

光源は再び輝いたのだ。

甲子園へと道が繫がった。

海藤ナインは胸の内に初出場の幟を立てて、甲子園球場に乗り込んだ。


「慎介、もう一球」

八尾監督のバットから真っ直ぐな球が打ち出される。慎介は横に跳び白球に食らいつく。グラブを通し手のひらに重い衝撃がきた。

これだ、これだ。

慎介は笑んでしまう。

この感触、捕らえた瞬間の快感、グラブに納まった小さな球への愛しさ、容赦なくグラブを弾く一球の猛々しさ、そんなものを伝える。身体で、言葉で、仕草でこれから甲子園を目指す者たちに伝えていく。甲子園に吹く風をアルプススタンドの煌めきを、ここで野球の試合を戦ったという経験を伝えられる。

やはり、夢だ。現実に咲こうと疼く夢だ。

甲子園の土に汚れたユニフォームを着て、慎介は小さく息を吐いた。

抽選会場はどよめきに包まれた。

海藤ナインの座る一角は特に激しく、いつまで経っても興奮の波が引かなかった。

対戦相手が決まったからだけではない。

キャプテンの尾上守伸が一番クジを引き当てたのだ。

「おっ、おれが選手宣誓、やんのかよ」

普段は淡々として感情の振れを見せず、〝クール・オガ〟とチームメイトから呼ばれている尾上が顔色を変え、頭を抱えた。

宿舎のホテルの一室。ミーティングルームと名をつけてはいるが、畳敷きの広間に過ぎない大部屋で、海藤ナインは思い思いにくつろいでいた。Tシャツとスウェットという恰好(かっこう)で尾上はさっきからずっと頭を抱えている。

「無理だ。絶対、無理だ。地球がひっくり返っても無理だ。あー、どうしよう。なぁ、みんな、どうしたらいい」

「なんで、オガならやれるって」

ライトの山中圭史が真顔で言う。周りの何人かがやはり真顔で頷(うなず)いた。慎介もその一人だ。

尾上ならやれる。

あの甲子園球場で選手宣誓を高らかに謳(うた)い上げるとしたら、尾上ほど相応(ふさわ)しい者はいない。

「駄目だって。おれ、上がり性なんだ。甲子園でマイクの前に立つなんて、考えただけでしどろもどろになっちまう。頼む、ヤマチュウ代わってくれ」

「代われるわけねえだろう。おまえにできねえのが、おれにできるかよ。それに、海藤のキャプテンはおまえなんだぞ」

「あーっ、どうしよう。どうしよう。宣誓の文句も考えないといけないのに……、頭の中、真っ白だ」

　尾上がまた、両手で頭を抱え込んだ。

「思ったままでいいんじゃねえのか」

　ほろりと言葉が零れた。

　尾上が慎介を見やる。

「うん。オガの思ったとおりでいいんだ。オガ、せっかくのチャンスじゃないかよ。おまえの思ってること力いっぱい、宣誓しちまえよ」

「チャンスって言ったって……」

「チャンスだろう。甲子園でプレイする選手はいっぱいいるけど、選手宣誓できんのはたった一人だぞ」

「柘植、おまえ、ほんと、たまにだけどいいこと言うな」

　郷田が腕を組み、深く首肯する。

「思ったままか……」

尾上は小さく呻（うめ）きを漏らした。


甲子園の上には薄雲が広がっていた。

浜風に大会旗がはためいている。

五万近い観客が、スタンドを埋めていた。

尾上の手が上がる。

「宣誓。我々は高校球児として今日ここに集える喜び、甲子園でプレイできる喜びを嚙（か）み締め、自分たちの背負ったたくさんの思い、悩み、焦燥や迷いとともに、かけがえのない一日一日を生きて、かけがえのない一試合一試合を戦いぬくことを誓います」

高くもなく低くもなく、よく通る落ち着いた声が甲子園球場に響き渡る。

「さすが〝クール・オガ〟、ばっちりだな」

山中が慎介の横で呟（つぶや）いた。

「ああ、さすがだ」

慎介も呟く。

「オガから聞いたけど」

山中がほんの少し顔を向けた。

「あの宣誓の文句、できあがったばっかりをまず、おまえに見せたんだって？」

「ああ……」

昨夜のことだった。

裏庭で一人、素振りをしていたら尾上に呼ばれた。強張った生真面目な表情をしていた。

「なぁ慎介、これでいいかな」

差し出されたレポート用紙には、整った筆跡の文字が並んでいた。

一読し、胸が詰まった。

自分たちの背負ったたくさんの思い、悩み、焦燥や迷いとともに、かけがえのない一日一日を生きて……。

「おまえが思ったままを書けって言ったからな。どうだ？」

「これ……うん、いいんじゃないか」

「マジで？」

「マジで。すげえかっけー宣誓になるぞ」

尾上がやっと笑顔になった。

「感謝、慎介」

レポート用紙をスウェットのポケットに仕舞い、尾上はさっきより柔らかい笑顔になった。

「選手代表、海藤高校三年、尾上守伸」

拍手が起こる。

大音響となり、渦巻きながら選手たちを包み込む。

これが甲子園の音だ。

耳を聾する拍手に包まれ、慎介は尾上の宣誓を反芻する。

自分たちの背負ったたくさんの思い、悩み、焦燥や迷いとともに。

そうか、オガも同じか。

背中にいろんなものをくくりつけて、ここに立っている。ここに立ち、ここで戦う。

慎介はこぶしを握った。

将来のことはまだ決められない。

迷っている。悩んでいる。揺れてもいる。

迷いや悩みや揺れ動く情を忘れるのではなく、しっかりと抱え込んで、甲子園に挑む。

もしかしたら……。

と、慎介は考えた。

もしかしたら、このグラウンドでプレイすることで、見えてくるものがあるかもしれない。摑める何かがあるかもしれない。

甘いかな、おれ。

「さぁ、やるぞ」

山中が大きく胸を膨らませた。

慎介は空を見上げる。

薄雲の空は、今まで見たどの空よりも広く深い気がした。

全国高等学校野球選手権記念大会。

三日目、第二試合。

海藤高校は広島県代表広州（こうしゅう）学園高等学校と初戦を戦う。

光を見た

塾から帰ると、居間に父が座っていた。

「あれ、父さん。いたの」

おかえりより先に、そんな一言が零れる。

しまったと思ったけれど、遅かった。

父の敏史（としふみ）が振り返る。

少し癖のある前髪が額にかかり、目が充血していた。一目で疲れているとも、機嫌が悪いとも見て取れる。

「暁（あきら）、いたのってのは、どういう意味だ？」

立ち上がった瞬間、敏史が二、三歩よろめいた。強い酒の臭いがした。

かなり飲んでいるらしい。

ヤバいなぁ。

胸の内で舌打ちする。

このごろの敏史の酒は始末が悪い。

くどくなるし、絡んでくるし、短気になる。

うんざりだ。

「暁、ちゃんと答えろ。いたのってのは、どういう意味だ？」

意味なんかない。

普段、日付が変わろうかという時間まで帰らないことが多い父親が、午後十時前に居間のソファに座っていた。

それだけのことだ。

「父さんがいたら都合の悪いことでもあるのか」

暁は、今度は本当に舌打ちしそうになった。かろうじて抑える。

「何だ、その顔は」

敏史の声音が尖る。

「別に……」

暁は肩にかけていた鞄を軽く揺すり上げた。

「別に？　別にってのは、どういう意味だ？」

酒が入ると「どういう意味だ？」が、敏史の口癖になる。それは以前からだったが、前はもっと陽気で軽やかだった。

「暁、モバゲーってのはどういう意味だ？」

「このお笑い芸人のギャグ、どういう意味なんだ？」

暁が答えると、そうかそうかと満足そうに頷（うなず）いたりした。ときには声を上げて、笑いもしたのだ。

今の敏史には、そんな柔らかさも余裕もない。妙にとげとげして荒（すさ）んだ感じさえする。

「暁、先にお風呂（ふろ）にはいっちゃいなさい」

母の静江（しずえ）がキッチンから顔を出す。

目配せしてくる。

早く行きなさい。

暁は父から目を逸（そ）らせ、足早に階段を上った。

「おい、暁」

「あなた、お茶を淹（い）れたから座って」

父と母の声が絡み合って、耳に入ってくる。

部屋に入り、鞄を放り投げるとベッドに寝転んだ。

天井が見える。

白いクロスを張った天井だ。

父さん、野球のこと何も言わなかったな。

天井を見上げながら、考える。

何にも言わなかった……。

六年生の初夏、暁は所属していた少年野球のチームをやめた。毎年、春からこの時期にかけて、五、六年生の三分の一程度がチームを去って行く。中学受験のためだった。

「まさか、おまえまでやめるとは思わなかったなあ」

チームをやめると告げたとき、監督であり、敏史の高校時代からの友人である美東(みとう)は、小さく唸(うな)った。

「お父さんには相談したのか」

「いえ……」

「一度、ゆっくりお父さんと話し合ってみろよ。焦って、結論を出さなくたっていいんじゃないのか。せっかく、ここまで頑張ってきたんだし」

やや小太りではあるが、肩幅も上背もある巨漢の監督は、その体軀(たいく)に似つかわしくない優しげな口調で、言った。

暁は、かぶりを振る。

「父さ……親父は関係ないです。自分で決めたことですから」

「そうか、まぁそう言われてしまうと、おれとしては、何とも言えないけどなぁ。けど意外だったな。暁はチームの誰より熱心に練習してたし、このまま、ずっと続けるのかと思ってた」

「すみません」

「いや、謝ることはないが、ほんとに意外だったからな」

束の間、おそらく二秒足らずの沈黙の後、肩がずしりと重く、温かくなった。
監督の大きな手が載っていた。
「自分で道を選んで進むのが一番だ。頑張れよ、暁」
肩が重い。
軽い目眩がした。
「失礼します」
帽子を取り、深く頭を下げる。
そして、背を向けた。
監督からもチームからも野球からも。
安堵と口惜しさと未練が綯い交ぜになった、名づけようのない感情が暁の内で渦巻く。
その感情を抱えながら、暁は家までの道程を一人、歩いた。
あれからまだ、一ヵ月ほどしか経っていない。
もう一年、いや、十年ぐらいが過ぎた気がする。
そのくらい年を取った気がする。
自分がまだ十二歳だなんて、信じられない。
寝返りをうつ。
ベッドが軋んだ。
頭だけをあげて、耳を澄ます。

階下からは、何の物音も聞こえてこない。

おれが野球をやめたからかなぁ。

天井を見詰めたまま考える。

敏史の様子が変わり始めたのは、この春、暁がチームをやめる少し前あたりからだった。少なくとも、暁には時期が微妙に重なるように思えてならない。

一度だけ、母に思いを漏らしたことがある。全部ではない。心の内にあることを全部さらけ出せるほど子どもではなかったし、全部を呑みこんでしまえるほど大人でもなかった。

「考え過ぎよ」

母は一笑にふした。

「お父さん、職場が変わったから……ちょっと戸惑ってるだけじゃない。今度は営業部門だから、付き合いとかでお酒飲まなきゃいけないことも、増えたし……。それだけのことじゃないの。あんたが野球チームをやめたことと何の関係もないでしょ」

いつもより朗らかな物言いで、あっけらかんと言われた。そう言われると、頷いてしまう。

「そうなんだ」

敏史が長年勤めた会社を辞め、新しい職場に移ったことは知っていた。そのころから、敏史の帰宅時間が遅くなったのも酒量が増えたのも事実だ。

「そうよ。大人には大人の事情があって、お父さんもたいへんなの」

でもねと母は小さな笑みを浮かべた。

「あんたは、大人の事情なんて気にしなくていいの。しっかり、勉強しなさい。Y学園の中等部を受けるんでしょ。大好きな野球をやめてまで受験勉強に打ち込むんだから、余計なこと考えなくていいの。来年の受験までは、そのことだけ考えなさいよ」

「うん。けど……」

「けど、何よ」

「父さん、何にも言ってなかった？　おれが、野球をやめたこと」

「言ってないよ。『暁、Y学園を受験するために野球、しばらくお休みにするって、自分で決めたの』って言ったら、『そうか、それも一つの選択だな』ってそれだけ。ほんと、それだけだったよ」

「そうか」

「ともかく今は頑張りなさい、暁」

母の手が背を叩(たた)いた。

暁は目を伏せる。

父はどんな顔をして『そうか、それも一つの選択だな』と口にしたのだろう。どんな思いがその言葉の裏にくっついていたのだろう。

暁に野球を教えてくれたのは、敏史だった。

グラブとボールを手渡してくれた。

ボールの握り方を教えてくれた。

キャッチボールをしてくれた。

小学四年生になって間もなく、隣市の少年野球チームに入るよう促してくれた。

そのチームの監督が美東だった。

美東と敏史がこの市にある海藤高校の野球部でチームメイトだったことを、暁はそのとき初めて知った。

美東監督はセカンド、敏史はサードを守っていた。

「鉄壁内野だったよな、おれたち」

「ほんとかよ。おまえ、けっこうエラーしてなかったか」

「敏史、そんなこと言っていいのか。おれの華麗なプレイにどれだけチームが救われたか思い出してみろ」

「よく言うよ。まったく、腹が出ても自信家なのはかわんないな」

「腹のことは言うな。おれも気にしてんだ」

暁の前で二人は高校時代の調子そのままのような会話を交わした。

美東の率いるチームは監督の力なのだろう、人気もレベルも高かったけれど、練習が厳し過ぎるわけではなかった。むしろ自由で闊達（かったつ）な雰囲気があり、先輩やコーチ役の学生が投げ方も打ち方も捕り方も走り方も丁寧に指導してくれた。

野球はおもしろかった。

とてもおもしろかった。

最初の一年、暁は夢中になって野球に取り組んだ。

投げるのも、打つのも、捕るのも、走るのもぐんぐん上手くなっていく。上達の実感を確かに感じとることができた。五年生になってすぐレギュラーにもなれた。父と同じサードだった。

「暁、サードってのは絶対にボールを怖がらないこと。どんなボールにも向かっていく気持ちが大切なんだ」

レギュラーに選ばれた日、敏史が教えてくれた。少し膝を折り、暁の目を真っ直ぐに見詰めながら語ったのだ。

暁は無言で深く頷いた。

しかし、暁がレギュラーとして試合に出場できたのは、三カ月ほどだった。その後は、控え選手としてベンチに座っている時間が徐々に長くなり、一度もグラウンドに出られない試合も増えていった。

直接の原因は、走塁の練習中にベースに足をひっかけて転んだ、そのときの捻挫が完治するのに、思いの外時間がかかったことだ。

完治して戻ったチームのサードには、他の選手が立っていた。板倉というその選手は、暁とほぼ同時期にチームに入って来た少年で、暁より身長も肩幅も一回り小さい、貧弱な体軀をしていた。

　ほぼ一ヵ月ぶりに見る板倉は身体つきもたくましくなり、俊敏で堂々とした動きをするようになっていた。

　何より、ボールから逃げることなく向かっていく。どんな球にも食らいついていく。前に弾くことはあっても、後ろに逸らすことはめったになかった。

　目を見張るほどだ。

　あいつ、こんなに上手かったっけ。

　暁はベンチに座り、板倉を見詰めていた。

　見詰めることしかできなかった。

　五年生の終わりにはチームの正三塁手は板倉、暁はその控えであると、定まっていた。そのころから、いやその前から暁はチームをやめようかと思いあぐねるようになった。補欠に甘んじるのが辛いという理由ではない。むろん、辛くはあったが耐えられないほどではなかった。

　耐えられないほど辛いのは、自分と板倉の間には、どうしようもないほどの実力の差が存在する、その事実を突き付けられることだ。その差は努力や根性で縮まるものではない。見回せば、チームには板倉より上手い選手が何人もいた。

「上手くても下手でもいい。そんなことにあまり拘るな。野球ってのはそんな、ちっちゃなスポーツじゃないんだ。一人一人の野球がある。それを忘れずにいて欲しい。この中には甲子園に行く者がいるかもしれない。プロ野球の選手になる者もいるかもしれない。そういう者はそういう者で、すばらしいけれど、四十になっても五十になっても草野球を楽しめる者も同じくらい深く野球と関わっているんだ。もちろん、おれみたいに、少年野球の監督におさまって、毎日野球をやれるのも最高だ。奥さんには、さんざん怒られるけどな。まっ、それは野球とは別の問題だからなあ」

五年生の正月、練習始めの日、美東監督はそんな風にチーム全員の前で挨拶した。

全部納得できたわけではない。でも、何となく理解できる気はした。暁自身、自分の未来に甲子園とかプロ野球とか、そんな大きなものを思い描いてはいなかった。

どんな形でも野球が続けられたらそれでいいと思っていた。

一人一人の野球がある。

監督の言葉に、本心から首肯していた。

でも、違ったのだ。

暁の中の少年のプライドは、自分を凡庸と認めることを許さなかった。

こんな小さな街の一チームの中でさえレギュラーになれない自分を認めようとしなかった。

自身のプライドをもてあまし、心の置き所を見失い、そのいたたまれなさや苦しさを、やはりプライドのために口にできず、暁は一人耐えて時間を過ごした。

そして、中学受験を口実に野球から離れようと決めたのだ。かっこうの口実だった。

暁の他にも何人もの五、六年生がチームをやめて行く時期でもあった。

野球から逃げ出すことを、野球に背を向けることを誰にも咎められずに済む。

そこまで考えが及んだとき、我知らず安堵の吐息をもらしていた。ユニフォームさえ脱げば楽になれると思ったのだ。圧し掛かってくるものから自由になれると思ったのだ。間違っていた。

誰をごまかせても、自分自身を欺くことはできない。

逃げたことを暁だけは知っているのだ。知っている自分が自分を責める。おまえは、尊大なくせに卑怯で臆病なんだなと嗤う。

美東監督がさして惜しむ素振りを見せなかったことも、心に小さな傷を作った。酷くはないが、ずっと疼いている。

やりきれない。

どうにもやりきれないけれど、耐えるしかなかった。嗤い声にも疼きにも耐えるしかない。辛いとも、苦しいとも、痛いとも口が裂けても言えなかった。

ちくしょう、ちくしょう、ちくしょう。

一人、声に出さず呻き続ける。

呻きながら時間が過ぎて行った。

暁はベッドから起き上がり、鞄を手に取った。中から問題集と参考書を取り出す。今日、習った個所を復習しておかなければならない。受験に向けてのスタートが遅れた分、気を緩めることはできなかった。

机の前に座り、もう一度、耳を澄ませる。やはり、何も聞こえない。

父さんは……と、考える。

父さんはおれが野球をやめたこと、どう思っているんだろう。本当に「それも一つの選択」と思っているのだろうか。それとも、おれが逃げたことを見抜いていながら、何も言わずにいるのだろうか。

問題集を広げたまま、暁は固くこぶしを握っていた。


塾通いにも慣れ、野球とまったく縁の無い日々が続き、季節が夏のとば口から真中へと移っていく。


暁がそのピッチャーを見たのは、土曜日の午後、塾の模擬試験を受けるために出かけようとしたときだった。

居間に敏史が座っていた。

背広を着ている。紺色のネクタイがソファの背にかかっていた。今朝、暁が目を覚ましたときには仕事に出かけていたから、帰宅したばかりなのだろう。ネクタイを取るのももどかしく、テレビをつけたという感じだ。

敏史は背広姿のまま、食い入るようにテレビを見ている。

そこに野球の試合があった。

日の光が眩しい。

画面に映る空は濃灰色の雲に隙間なく覆われているのに、白いユニフォームは光を弾き、淡く発光して見える。

あ、決勝戦だ。

すぐに気が付いた。

甲子園の地区予選だ。

父と美東監督の母校である海藤高校が地区予選の決勝戦に進出し、甲子園に挑む。この試合に勝てば、海藤高校野球部にとって悲願の甲子園初出場を果たすことになる。もっとも、相手のチームだって、甲子園は悲願であるに違いないだろう。

甲子園か。

「高校までは絶対に野球を続けたい。そんで、甲子園に出たいんだ。選手として、あの球場でプレイしてぇって、マジで思ってる」

そう言ったチームメイトがいた。

誰だっただろう？　もしかしたら、板倉かもしれない。

肩に鞄の紐が食い込む。

暁は、そっと鞄を床に下ろした。

敏史が振り向く。

「あぁ、暁、いたのか。気が付かなかった」

前髪を掻きあげる。今日は酔ってはいなかった。目は充血していたけれど、生気がある。頬にも少し赤みが差していた。

高揚しているのだ。

「同点なんだ」

暁も身を乗り出し、画面に視線を留める。

右隅に二対二のスコアが白文字で浮き出して見えた。

ちょうど海藤の攻撃が終わったところらしく、両校の選手たちがグラウンドからベンチへ、ベンチからグラウンドへと、それぞれ動いていた。

「あぁ、セカンドまで進んだんだが、惜しかったな。これから九回の裏に入る。ここを抑えれば、延長戦ってことだ」

「抑えられるかな」

「だいじょうぶだ」

敏史が言い切った。

「このピッチャーならだいじょうぶだ。先発で投げているけど、まったくばてていない。この回を抑えたら、十回の表は三番から始まる。でっかいチャンスなんだ」

「勝てる？」

敏史はテレビに視線を戻し、小さく息を吐いた。

「どうかな。今のところ五分と五分。こうなると、結果がどちらに転ぶかは、見当がつかんな。きっと、誰にもつかないと思うぞ」

「そうかな……」

「そうさ。たとえ、十対〇のスコアであっても、逆転の可能性がないわけじゃない。実際、八回、九回で十点差を跳ね返した試合を見たことがあるからな。そんなものだから、五分と五分になると、勝敗の行方なんてまるで、わかんないよな。海藤と東祥、どっちが勝っても負けても不思議じゃない」

「運ってこと？」

「運……いや、そういうのとも違う気がするな。幸運とか不運とかじゃなくて……」

言い淀み、敏史が黙り込む。

いつもの不機嫌なだんまりではなかった。暁に本気で伝える言葉を探し、探しあぐね、口をつぐまざるをえない。そんな、心地よい無言だった。父の沈黙を心地よいと感じるなんて、いつ以来だろう。

「あっ」

敏史と暁が同時に叫んだ。

東祥の打者が一、二塁間を破るヒットを放ったのだ。

「打たれたよ、父さん。ノーアウトのランナーだ」

「うん。いや、だいじょうぶだ。小城は落ち着いてるぞ。だいじょうぶだ」

敏史は呪いのように、だいじょうぶだを繰り返す。呪いでなく祈りなのかもしれない。

画面に小城というピッチャーが大写しになった。なるほど、慌てた様子は感じられなかった。堂々とマウンドに立っている。

「父さん、このピッチャー」

画面を指差す。

「いいピッチャーなの？」

「ああ。今大会屈指の好投手と言われてる。相手のピッチャーもなかなかのもんだがな。海藤がここまでこられたのも、小城ってピッチャーがいたからだろうな。投手がいいと、やはりチームはぐっと引き締まるもんだ。おっ」

敏史が腰を浮かせた。

小城が牽制球で一塁ランナーを刺したのだ。

「よしっ。よくやった。この状況で牽制球を放れるなんて、やっぱり並じゃないな」

敏史の口調に興奮とはしゃぎが加わる。

次の打者は三振だった。

暁の目にも、見事なピッチングだと映った。

父さん、おれにこんな風になって欲しかった？

胸の内で父に問いかける。

こんな風に何を恐れることもなく、グラウンドに立てる選手になって欲しかった？

敏史の横顔にちらりと視線を走らせる。

「暁」

前を向いたまま、敏史が呼んだ。

「なに？」

「海藤が勝ったら、甲子園に行くか」

「甲子園に？」

「ああ、美東と約束したんだ。甲子園の一試合目、必ず応援に行こうって。観客として野球を楽しむのも、いいもんだぞ」

甲子園に、応援に行く。

アルプススタンドで、父と野球を見る。父の母校に声援を送る。

あっ、いいかも。

一陣の風のように思いが舞った。

それも、いいかもしれない。

「おまえもいっしょに……ああっ」

悲鳴を上げ、敏史が立ち上がる。

ソファから、クッションが転げ落ちた。

ライトスタンドに白いボールが吸い込まれていく。

「ホームラン、ホームランだ。美濃原、サヨナラホームラン」

アナウンサーの絶叫が暁の鼓膜に突き刺さった。

「海藤、敗れました。東祥学園高校、甲子園出場です」

一瞬、空が映る。

曇天の空だ。

映像はすぐに切り替わる。カメラはマウンドに立つピッチャーを映し出した。

項垂(うなだ)れてはいなかった。

ただ、真っ直ぐに立っていた。視線の行方はわからない。曇天の空だろうか、ライトスタンドだろうか、それとも、暁には窺(うかが)えない遥(はる)か遠くのどこかだろうか。

「負けたか……」

敏史がソファに腰をおろし、深い息を吐いた。

鞄(かばん)を肩にかけ直し、暁もまた深く息を吐いていた。

「負けちゃったね」

「ああ、でも見事な試合だったがな……」

「でも、負けは負けだろ」

自分でも驚くぐらい尖(とが)った物言いをしていた。

敏史が暁を見上げてくる。

「そうだな。負けは負けだ。でもな、暁、野球には敗者しか味わえない経験ってものも、あるんだぞ」

「敗者しか味わえない？」

「ああ。勝った者にはわからない苦さってのかな……、そのときは、どうしようもないほど苦くて堪らないけれど、その苦さを知ってることが、案外、貴重だったりもするんだ」

暁は首を傾げてみせた。

父の言うことが、半分も理解できない。どこか嘘くさくも説教くさくも感じた。負けた者の強がりだとも感じた。感じたけれど、微かに心を惹かれる。

敗者しか味わえない苦味。

チームを去ったときから、胸にわだかまっている思いは、もしかしたらそこに繋がっているのかもしれない。

「おまえと、野球の話をするのは久しぶりだな」

敏史が笑った。

「そうだね」

暁は笑わない。父親と屈託なく笑える心境ではなかった。愛想笑いができるほど自分を律せない。

「また、職場が変わったんだ」

ふいに敏史が言い、テレビを消した。

野球の空気が消えた。

「三度目の正直だ」

「うん……」

答えようがなかった。

父の背負う現実は重過ぎて、手を伸ばすことさえ憚(はばか)られる。

「甲子園、行けなかったね」

捨て台詞(ぜりふ)のように一言を吐き、父に背を向けた。


電話が鳴っている。

家には誰もいなかった。

「はい、もしもし」

「おい、トシ、おれだ」

興奮した男の声がぶつかってきた。

「あ、監督」

「監督？　あ……暁か」

美東監督が息を吸い込む音が伝わる。

「何だ、おまえ、お父さんにそっくりな声だな」

「そうですか」

「元気か」

「はい」

「お父さんは、留守か？」

「はい。あの、携帯番号を」

「あっ、いい。携帯なら知ってる。仕事中だったら悪いからな。じゃあ、伝えてくれ」

今度はこくりと息を呑み込む音がした。

「海藤が甲子園に出場することが決まった」

「え？」

受話器を握りしめる。

「東祥学園が不祥事で出場辞退を決めたらしい。海藤が甲子園に行くんだ。トシに、そう、伝えておいてくれ」

「はい」

束の間の沈黙の後、美東は「暁」と呼びかけてきた。

「甲子園に、いっしょに行けるぞ」

暁の返事を待たずに、電話は切れた。

海藤、甲子園に行くんだ。

マウンドに真っ直ぐに立っていた一人のピッチャーを思い出す。

あの人に会える。

壁に貼られたカレンダーに目をやる。

八月は数日を除いて、びっしりと夏期講座が詰まっていた。

でも行きたい。

胸が粟立つ。

予想もしていなかったざわめきだった。

敗者である人を、敗者でありながら甲子園のマウンドに立つ人を、もう一度、この目で見てみたい。

今度は直に。

あの一瞬に、その一瞬に、何を感じるのか暁には想像もできない。しかし、見る者として野球に触れることはできる。

敗者の苦味。

野球だけが教えてくれる味だ。

おまえはそれを知っている。

海藤が敗れた日、父はそう伝えてくれようとしたのだろうか。

わからない。

でも、行きたい。

父と一緒に、海藤の野球を見たい。

あの人を見たい。

強く願う。
潮騒（しおさい）に似た甲子園の歓声が、遠くから聞こえてくる。
そんな気がした。

頭上の空は

甲子園の空はいつも、青く晴れ渡っている。

なぜかそう思い込んでいた。

そんなこと、あるわけもないのに。

実際、真夏の雨に濡れながら投げるピッチャーの姿をテレビで見たし（しかも何度も、だ）、打ち上げられたボールを曇り空に押された白い刻印のように感じたこともある。

甲子園の空はいつも、青く晴れ渡っているなんて、幻想だ。単純で、ありきたりの幻想に過ぎない。

よく、わかっている。

「曇ってんだな」

空を見上げ、直登は呟いていた。

呟くつもりなどなかったのに、ほろりと言葉が零れたのだ。

「昨日からずっと曇ってるじゃねえかよ」

直登の呟きを耳聡く捉え、佐倉が空を指差した。三塁側ダッグアウトの前で直登が見上げ、佐倉が指した空には、濃淡のない灰色の雲が一面に広がっている。

湿った風が時折、吹き過ぎて行く。

それは、僅かの涼も運んでこない。むしろ、身体にまとわりつき、へばりつき、新たに汗を滲ませる。

「暑いな」

頬を伝う汗を手の甲で拭う。

「これから、まだ暑くなるぞ」

佐倉も額に浮かぶ汗を、タオルで拭き取っている。

「でも、まっ、かんかん照りよりマシかもな。こんだけ雲があれば、マウンドで干からびるってことには、なんねえよ。直登の干物なんて、絶対、食う気しねえからな」

佐倉の冗談に、直登はわざとらしく顔を顰めて見せた。

「つまんねえな。いまいち、笑えない」

「座布団一枚って、ダメ？」

「ダメダメ、あきまへん」

直登は胸の前で両手を×の形に重ねる。

「おーぅ、世の中、厳しいでーす」

へんな抑揚をつけて、佐倉が肩を竦め、首を振る。大仰で滑稽な仕草だった。本気なのか戯言なのか、佐倉は「将来の目標は、売れっ子のお笑い芸人」と公言している。

「元甲子園球児の芸人とか、けっこう、うけそうじゃね。おれの将来、案外、イケてるかも」

甲子園出場が決まったとき、一番はしゃいでいたのが、この佐倉一歩だった。

「ったく、一歩のやつチョーシ乗りなんだからよ」

直登とバッテリーを組むキャッチャー郷田恭司が、舌打ちしていた。郷田は大らかで闊達な性質でありながら、妙に生真面目な一面も持ち合わせている。その生真面目な性質が、甲子園出場を売り物にするという佐倉の一言に、引っ掛かったらしい。

「ふざけ過ぎだよな、あいつ」

「そうか？」

「そうだよ。おまえ、むかつかないのかよ」

意外だという口調だった。

「むかつくとこまで、いかないけど。おまえだって、言うほどむかついているわけじゃないだろうが」

「……まぁな」

「それに佐倉、けっこう周りに気を配ってんぞ」

「……わかってるけど」

郷田は唇を突き出して、横を向いた。

佐倉一歩は、確かに調子乗りで軽率ではあったけれど、他人を笑わせるのが上手くて、郷田も直登も佐倉の一言や仕草に、噴き出したことが、腹を抱えて笑ったことが、何度もあるのだ。それはたいてい、直登たちが落ち込んだり、憂鬱な気分に陥ったりしているときだった。そういう負の空気を感じとると、佐倉はがぜん、張り切りだす。普段はやたら滑って苦笑するか、しらけるかだけのダジャレや冗談が妙に冴えて、ぴしりぴしりと決まってくるのだ。笑いのツボをこれでもかと刺激され、涙が出るほど笑わされてしまう。そして、ふと気がつくと、何が解決したわけでもないのに心持ちが晴れやかに、軽やかになっていたりする。

東祥学園の不祥事による辞退で、海藤高校の甲子園出場が決まった直後、一時の高揚感が去った後は、さまざまな方面から押し寄せてくるプレッシャーに耐えなければならない日々が続いた。「拾いものの甲子園出場か」と露骨な一言を口にする輩に、唇を嚙んだことも、こぶしを握ったこともある。けれど、そんな底の浅い悪態より、「東祥の分まで頑張れよ」「東祥のためにも、必ず一勝をあげてやれ」との激励の方が、何倍も重くのしかかって来た。

人は甲子園に物語を求める。

それを知った。

わかり易く感動的な、あるいは悲劇的な物語を求めて止まない。部員の不祥事のために甲子園への道を閉ざされた東祥ナインの悲劇も、甲子園への切符とひきかえに微かな負い目を背負ってしまった海藤の選手たちも、甲子園の物語としては、これ以上ないほど相応しいのかもしれない。

これで海藤が快進撃でもしてくれたら、申し分のない物語となる。

単純な期待とは異質の、暗黙の気配を感じるたびに、直登は憂鬱になる。大好きで小さいころから続けてきた野球が、大なる目標であった甲子園が、実に矮小な物語に取り囲まれていると知るたびに、その物語たちに搦め捕られそうな自分を感じるたびに、気持ちが重く沈んでしまうのだ。

馬鹿野郎。おれがへこんでて、どうすんだよ。

自分を叱咤するのだが、心は重石をつけられたかのように、なかなか浮き上がってこない。

エースの自覚と沈む心の間で、直登は幾度も歯軋りを繰り返す。

そういうときに限って、佐倉は実に切れのいい冗談を連発して、笑わせてくれるのだ。人の心とは不思議なもので、本気で笑い、口を開け、空気をたっぷりと吸い込めば、その空気を浮力にして浮かび上がることができる。

まぁ、いいか。

なんて、呟ける。どんな物語に塗れていても、甲子園が憧れの球場であることは変らない。その球場のマウンドで投げられることも変らない。だったら、いいじゃないか。

そんな気分になれるのだ。

佐倉はそれほど巧みに、豪快に、心底から笑わせてくれる。

こいつ、本当にお笑いの天才かも。

直登は密かに思っていた。

三年生で、守備要員及び控え選手として、常にベンチに座っている。二年生の石鞍や水渡がグラウンドに立つのを見ていなければならない。その鬱屈を佐倉はちらりとも見せなかった。何の拘りも、翳りも無いように振る舞う。同じようにレギュラー入りできなかったキャプテンの尾上守伸に対しては、チームの誰もがキャプテンとしての資質というかその人柄に一目置いているし、重んじてもいるのに、佐倉に関しては、けっこうぞんざいに接する。

「まぁ、一歩はああいうやつだから」

なんて一言で、済ませてしまう。ああいうやつというのは、つまり、剽軽で調子良くて、いいかげんで、何事にも深く拘らない。そういうキャラだということだ。

けれど、直登は見てしまった。

部室の中、窓から差し込む光の中で一人、俯いていた佐倉一歩を見てしまったのだ。

二年生の秋の初めだったと思う。日差しが日に日に澄んで、赤味を濃くする季節だった。どういう用事だったか忘れたけれど、練習が始まる前にふと覗いた部室で、佐倉は光を浴びながら視線を足元に落としていた。西向きに取り付けられた窓は大きく開け放され、風と光がもつれるように部室に入り込んでいた。その光に縁取られながら、佐倉の表情は暗く翳っていた。耐え難い苦痛にそれでも耐えているかのように、歪んでいた。

その後どうしたのか、よく覚えていない。佐倉と言葉を交わしたのか、慌ててドアを閉めて退散したのか。

覚えていない。

光に縁取られた暗く歪んだ横顔だけを覚えている。

あのときもしかして……もしかしてだけど、佐倉は野球部をやめようかと悩んでいたのではないか。

三年生の引退を機に二年生を中心とした新チームが作られる。佐倉は新チームのレギュラーから外れた。守備は堅実にこなせるけれど、打率が一割台とあってはやむを得ない。誰より佐倉自身が理解しているだろう。

理解できることは、痛い。理解したうえで、自分の居場所を見据えなければならないことは、辛い。屈辱とか落胆ではなく、野球部という場所に自分の居場所があるのかと自問する、その疼きに佐倉は項垂れていたのではないか。

推察にすぎない。佐倉の胸の内は、本人以外誰にもわからない。ただ、佐倉は野球部をやめなかった。控え選手のまま、甲子園にやってきた。

佐倉一歩という選手の物語に誰も着目などしない。わかり易い感動も悲劇もないからだ。でもと、直登は考える。

でもいつか、佐倉がお笑い芸人として、「おれ、これでも元甲子園球児ですから。え？　ポジション？　まぁ、ベンチの右隅かな」なんてトークを繰り広げていたら、笑うより、その言葉の裏にある深い物語に、一人、頷いてしまうだろう。

湿った風が吹いて来る。

空の雲がさらに厚く、濃くなっていく。

全国高等学校野球選手権記念大会の三日目。第二試合が、間もなく始まる。海藤高校の相手は、五年ぶり実に十二回の出場を誇る古豪、広州学園高校だ。

「なんか、きれいになっちまうもんだな」

佐倉がふっと声を低くした。

「うん?」

佐倉の視線は、ダッグアウト前に注がれている。

「あぁ……」

確かに〝きれいになっちまう〟ものだ。

さっきまで、第一試合で敗れたチームの選手たちが、その辺りの土をめいめいに袋に詰めていた。ある者は涙ぐみながら、ある者は憮然とした表情で、一試合を戦った球場の土を両手で掬っていたのだ。直登たちはその前を通り、ベンチに入った。

甲子園で敗れるとは、明日を絶たれることだ。どんなに突出した才能を有していても、敗れた者には二度と復活のチャンスは巡って来ない。そう、明日はない。ただ去るだけだ。

敗れ、去っていく者たちとこれから戦いに臨む者たちが、束の間、交差する。真新しい海藤のユニフォームを、敗者たちはどんな眼差しで見送ったのか。

きれいに均されたダッグアウト前の土から、佐倉と直登は、同時に目を逸らした。

「なぁ、もし、おれたちが優勝したらな」

佐倉が言う。

「へ？　優勝？」

「そう、甲子園で優勝しちゃったら、どうなるんだ」

「どうなるって……えらい騒ぎになるんじゃないか。『ポポス』で祝賀会とかしちゃって……」

「ちがう、ちがう」

佐倉は顔を顰め、手を横に振った。

「祝賀会まで行かなくって、もうちょい手前。土だよ、土」

「土？」

「優勝ってことは一敗もしないってこったろ」

「まぁ……そりゃそうだよな」

「だろ？　負けてないってのはつまり、甲子園の土、持って帰れないってことだよな」

「あ……まぁ、そう言われたらそうだけど……」

「ヤバいよ、おれ、土産に甲子園の土を持って帰るって約束しちまったのに」

「誰にだよ。おふくろさんか？」

「はぁ、直登、おまえはアホか。何で、おふくろに土産なんて買わなきゃなんねえんだ」

「買うわけじゃねえだろう。土なんだから、ただで持って帰れるはずだぞ。けど、おふくろさんじゃなかったら、誰に……」

佐倉はわざとらしく、首を振ってみせた。

「おまえ鈍いね。ちょっとは察してくれよ。カノジョだよ」

「はぁ？　カノジョ？　まさか」

「何だよ、まさかってのは。おれにカノジョがいちゃあおかしいか」

「おかしいに決まってんだろ。いいか、うちのチームでカノジョがいるのは、オガ……キャプテンだけだぞ。でもって、キャプテンにカノジョがいるのは、バリ納得できる。そのカノジョがめちゃくちゃ可愛くて、今日も応援に来ているのもぶっちゃけ羨(うらや)ましいし、悔しいけど、納得できる」

「なにそれ？　おれにカノジョがいるのは納得できないってか」

「絶対、できない。絶対、はったりだ。でなきゃ、相手が電信柱かオットセイなんだろ。それなら、納得してやるぞ」

「殺すぞ、直登。オットセイはまだしも、電信柱とどうやってデートすんだよ。いくらおれでも、電信柱ひきずって、歩けないし」

佐倉と目が合う。直登は、堪(こら)え切れず噴き出してしまった。全身から、すっと余分な力が抜けていく。

つまらない冗談の応酬、意味のない会話、ふざけ半分のやりとり。そんなものが、試合前の緊張から解き放ってくれる。笑うために開けた口から、甲子園の空気が流れ込んでくる。直登の身体の隅々にまで、行き渡る。紛れも無く、野球の匂いがした。

肩をゆっくりと回してみる。

軽い。

「やれそうか」

佐倉がちらりと見上げてきた。

「ああ、やれる」

短く答える。それから、もう一度、空を見上げてみた。雲は僅かも切れず、髪の毛一筋ほどの青空も覗かない。

これが甲子園の空だ。

空から地上へと視線を戻す。広州学園の選手たちが練習のために、グラウンドに散っていた。

「広州学園は、攻守とも安定した良いチームだ」

昨夜、夕食後のミーティングで八尾監督は、そう切り出した。その後、微かに笑んで、「月並みな言い方だが」と付け加えた。

「月並みな言い方だが、良いチームだ。打線は、クリーンナップも含めずば抜けた破壊力があるわけじゃない。その分、切れ目がない。一番から九番まで、どこからでも攻撃の糸口を作れるチームだ。ある意味、どかんとでっかい大砲がいるより、手強いかもしれんな。守りの方もことという穴がない。さっき配った資料は、広州学園の地区大会の全試合の内容だ。防御率一・九七、失策〇。〇だ。広州学園の守備陣は、ただの一つもエラーをしなかったということだ。そして、さらに」

八尾が資料の一枚を指先で弾いた。

「相手チームの残塁数と併殺数の多さが目立つ。つまり塁には出るが、守備力に阻まれてホームベースは踏めない。そういうことだ。これはなかなかに厄介だ」

夕食を終えて、食堂をそのままミーティングルームとして使っていた。メニューだったすき焼きやみそ汁の匂いがまだ、残っている。

その空気がざわりと蠢いた。

向かい側に座っていた郷田が無言のまま、直登に目配せする。

投げ合いになるぞ。

その眼が語る。

わかってる。

直登も無言で頷いた。

「広州学園が良いチームだということは、資料からもはっきりと読み取れる。そのことだけは、しっかり頭に入れておけ。しかし、資料は資料。ただの数字にしかすぎん。明日、おまえたちと戦う広州学園の選手は人間だ。古豪だ、強豪校だと騒がれてはいるが、選手たちにとっては初めての甲子園。おまえたちと同じ条件なんだ。人間は緊張もするし、体調や気分の変化もある。何が起こるかわからんのが、人間のやる野球だ。正直、甲子園での野球に、過去は一切関係ない。ずっと無失点を続けてきたピッチャーが突然崩れたり、それまで不調に喘いでいた打者が起死回生のホームランを打ったり、夢中で差し出したグラブにボールが飛び込んできたり……、野球ってものは、特に高校野球ってものは一球で一打で、ころりと流れが変わりもする。先が読めないスポーツなんだ」

過去は一切、関係ない。

その一言を伝えるためのミーティングだったのかもしれない。

直登がふと思ったのは、割り当てられた宿舎の一室に戻ってからだった。

伝えたかった……いや、違うな。

どんな経緯で、甲子園にやってきたか。そんなことは、どうでもいいことだ。甲子園でこれからどう戦うのか、どう戦ったのか、それだけに意味がある。

八尾監督は、部員たちに気付いて欲しかったのではないか。負い目など抱く必要はないと。しかし、負い目も怯みも怖じようとする心も抱きながら、精一杯のプレイができる、そういう選手になってくれとも、心の内で念じていたのかもしれない。

甲子園初戦。

高校生として最後の夏を甲子園で戦える。

最高じゃないか。これまでの人生で最高の夏だ。

思えば、小さな昂りが身体の底から湧きあがって来た。直登は目を閉じ、その昂りにゆっくりと身をまかせた。

閉じた瞼の裏に、高く掲げた手を恥じるように下ろした走者の姿を見た。東祥のエース、美濃原翔だった。

あいつは、どこで明日の試合を見るんだろう。

眠りに落ちる寸前、脳裡に思いが走った。


試合開始を告げるサイレンが鳴る。

直登は屈伸をする振りをして、マウンドにそっと触れてみた。

これが、甲子園のマウンドか。

もう少し心がざわめくかと想像していたのに、さほど波立たない。完全に凪いでいるわけではないが、意外なほど静かだった。

肩も軽い。

ナオ、来い。

ミットを構えた郷田の声が確かに聞こえた。調子の良い証拠だ。身体が軽く、そのくせ、身体の芯に確かなおもりがあって足を地に据えることができる。そういうときは、郷田の声にならない声がよく聞こえるのだ。耳の奥でしっかりと捉えられる。

よし、だいじょうぶだ。

直登は自分に伝える。

おまえは、だいじょうぶだぞ。

力んでも、あがっても、急いてもいない。冷静だ……いや、ほんの少し興奮している。でも、だいじょうぶだ。この興奮を、この高鳴りを力に変えることができる。

郷田がサインを出す。

まずは、真っ直ぐに最速の球を。

直登はゆっくりと瞬きを一つした。綻びそうになる口元を引き締める。

郷田もちゃんとわかっている。直登の調子も、今の直登だから投げられる球も、ちゃんと心得ている。

さすがだな、恭司。

当たり前。だてに何年もバッテリー、組んでねえよ。

バッテリー間、一八・四四メートルの距離を言葉ではない言葉が行き交い、ピッチャーとキャッチャーは同時に頷いた。


図書館から一歩、外に出ると、湿気を含んだ暑気がぶつかってきた。ほんとうに、〝ぶつかってきた〟という感じだ。

美濃原翔は、おもわず顔を顰め、天を仰いだ。

曇天だ。

それなのに、日差しはちりちりと肌も肉も焼くようだ。真夏の陽はつくづく剛力だと、うんざりする。それでも、日に日に入り日の時間が早まっている。昼はまだ蟬の天下だが、夜ともなると草むらで涼やかに虫がなく。季節は移ろっている。何が起こっても、移ろうことを止めない。

「おーい、翔」

聞き慣れた声が歩き出した翔を、呼び止める。立ち止まらない。足取りをやや遅くし、声の主を待つ。

久豆井紘一はすぐに追いついて来た。横に並び、歩きながら大きく息を吐く。

「何か久しぶりの気がするな、紘一」

我ながら間の抜けた挨拶だなと、おかしくなる。紘一は笑わなかった。生真面目に引き締まってもいないけれど、緩んでもいない男の顔を見やり、翔は少し驚いた。

暫く会わないうちに、ずい分と肌が白くなっている。「どうしたんだよ。エステにでも通ったのか」とからかってやりたくなる。翔が口を開こうとしたとき、紘一がくすりと笑った。

「翔、えらく色が白くなったな。エステにでも通ってるのか」

口を閉じる。顎を引く。

「おれ、そんなに白くなったか」

「うん。白い、白い。翔ってけっこう美肌だな。あんなにこんがりローストしてたのが、嘘みたいに見える」

「お互いさまだけど」

「え、おれも？」

紘一が自分の顔を指差す。

「真っ白だよ。何か別人みたいな変な感じがする」

翔と紘一は顔を見合わせ、どちらからともなく横を向いた。ずっと日の下で野球をやっていた。日に晒されて、投げて打って捕って走った。褐色に近いほど焼けた肌に目が慣れ、それが地肌だと思い込んでいたのに、翔も紘一ももともとは色白だったらしい。野球から遠ざかった日々の間に、お互い呆れるぐらい白くなってしまった。翔はそっと自分の頬を撫でてみる。

紘一は東祥の野球部に入って最初にバッテリーを組んだ相手だ。夫婦でも恋人でも友人でもバッテリーでも人が対になったとき、相性の良し悪しは必ず問われる。

紘一とは、相性が良かった。〝わりに〟とか〝けっこう〟というレベルではなく、かなり良かったと思う。紘一の肩さえ壊れなければ、三年生になってもバッテリーのままだったはずだ。そして、あの事件さえなかったら、今ごろは甲子園球場で……。

心の内で、かぶりを振る。

何だ、この未練がましい心は。とっくにふっ切ったはずの想いをおまえは、まだ、引き摺っているのか。

「図書館で受験勉強か？」

紘一が、翔のズック鞄に視線を向ける。

「あぁ……まぁ、おまえも、図書館にいたのか」

「まあな。正直、進路についてはまだ悩み中。とりあえず、参考書とか読んどくか程度だな。他にやることが思い浮かばないんで」

「同じく。はは、これじゃ、二人揃って浪人だな」

紘一は答えなかった。黙って腕時計を見やる。

「間もなくだな」

「うん」

「どうすんだ？　見るのか、家に帰ろうとしてんだ」

「見るさ。そのために、家に帰ろうとしてんだ」

間もなく、海藤高校と広州学園高校の試合が始まる。テレビで観戦するつもりだった。この試合だけは、絶対に見逃さない。本当は生で、甲子園のスタンドで海藤の戦いを目に焼き付けたかった。しかし、そこまでの踏ん切りは無理だ。

「……そうだな」

紘一が頷く。

「見てえよな。海藤が甲子園で、どんな野球をするか」

「見たい」

「なぁ、翔」

「うん？」

「どっちを応援するんだ。ていうか……海藤の勝利と敗北、どっちを望んでる」

足が止まった。

やや背の高い相手の顔をまじまじと見据える。紘一は、翔の視線を受け止めた後、ゆっくりと目を伏せた。

「おれは、よくわかんねえんだ。海藤に勝って欲しいのか、負けて欲しいのか。勝敗なんてどーでもいいって思ってんのか……、自分のことなのに、全然、わかんない。不思議なぐらい、わかんないんだよな。ほんと、自分のことなのにな」

目を伏せながら、ぼそぼそと呟く。

翔も目を伏せた。

絶対に勝ってもらいたい。負けてしまえばいいんだ。どっちにしても、おれには関係ない。

試合を見ながら、自分の胸内にどんな感情が渦巻くのかまるで予想できない。ただ、焦がれるように海藤の甲子園での試合を見たいと思う。

頬に水滴が当たった。

雨だ。

遠雷の音が微かに響いて来る。

雲の流れが速くなり、風はさらに湿り気を帯び重くなる。

甲子園は晴れているんだろうか。

雷がまた、鳴る。天のものなのに地を這うように聞こえてくる雷鳴を、翔は、雨に濡れながら聞いていた。


雷の音を聞いたと思った。

気のせいだろうか。

真由香は辺りを見回し、そっと両手を握りしめた。周りは海藤高校の関係者——生徒や教職員や父母、それにOBや地元の人たち——でぎっしり埋めつくされている。

甲子園ってすごいんだ。

改めて感じる。

これほどの人を動かす力を、この球場は宿しているのか。

一際高く拍手が起こる。

海藤の選手たちが、それぞれの守備位置に散っていくところだ。

尾上守仲はダッグアウトの中だ。監督の傍に座り、仲間たちに声援を送っているだろう。

モリくん。

守伸が甲子園から帰ってきたら、ちゃんと告げようと思う。わたしは、本気でモリくんが好きです、と。叶うことなら、一生、一緒に生きていきたいです、と。

真由香は前を向き、グラウンドに目を凝らした。風の中に立つ海藤ナイン一人一人を見詰める。

八尾はダッグアウトの中で、立ったまま腕を組む。

さぁ、始まるぞ。

語りかける。

見てろよ、純一。海藤の野球を、な。

語りかけたあと、八尾の脳裡に浮かんだのは石堂純一の笑顔ではなかった。アルプススタンドで海藤高校野球部OBとして座っている時任の顔だった。約束した通り、当時のチームメイトの大半をひきつれて応援に来てくれた。

「直登、行け」

横で尾上が叫ぶ。

その声は風に乗って確かにマウンドに届いたはずだ。

そうだ、行け。何を怖れることもない。

八尾は腕を解き、風と甲子園の匂いを吸い込んだ。

「小城、がんがん行っちまえ」

ショートの柘植が背後から檄を飛ばして来る。

「直登、行け」

尾上の叫びも聞こえる。

もちろん、がんがん行くさ。

直登は大きく振りかぶった。

郷田のミットは僅かも揺るがず、この一球を待っている。

風が足元で舞った。その風を蹴散らすように、高く足を上げる。

指先から、一球が放たれた。

光に手を伸ばし

試合開始のサイレンが鳴り響く。

「いよいよ、始まるな」

右隣で呟きが聞こえた。

同じ町内の『井筒ベーカリー』のマスターだ。今日は、店を閉めて応援に駆けつけてくれた。

マスターだけではない。

紀子は首を伸ばし、視線をそっと巡らせてみる。見知った姿が幾つもあった。『星野写真館』のご夫婦、『三崎電気』のご主人、長沼さん、春川さん、三田さん、隣人、職場の同僚、市会議員……。そして、見知らぬ顔、顔、顔。無数の顔。

大人たちの向こうには、制服姿の海藤高校生たちが並ぶ。半袖シャツの背中は、既に汗に濡れていた。その横には、吹奏楽部の一団が並んでいる。さっきまで音の調整で賑やかだったが、今は、それぞれの楽器を手に全員が前を向いている。みな一様に張り詰めた眼差しをしていた。この日のために、厳しい練習を重ねてきたのは野球部だけではないのだ。

さらに、視線を巡らせる。

広州学園側のスタンドは紀子のいる海藤高校側よりもなお密に、人が集っているようだ。揃えたわけではないだろうが、八割近くが白の服装だった。真夏の甲子園、曇天の下でさえ白いシャツは煌めいて、見る者の眼を射る。

湿気を含んだ暑気と人の熱気が混ざり合い、蠢く。目には見えないのに蠢く気配をはっきりと感じ取れるのだ。

息子の直登が、甲子園を意識し、夢ではなく現実の目標として定めたのはいつだったのだろうか。野球を始めた小学生のときだったか、リトルリーグで初めて硬式ボールを握ったときだったか、高校入学の前後だったか。紀子には記憶がなかった。あるいは、直登は「甲子園」という一言を母親の前では決して口にしなかったのかもしれない。

無口とは言わないが、口数は少ない子だ。

父親に似たのかもしれない。

「おれって、親父に似てる？」

突然、そう問われたときのことは、よく覚えている。海藤高校に入学して間もなく、まだ、川辺の桜が散り終えていない季節だった。

夕食を終えて、食後のカフェオレを飲んでいた。温めた牛乳にインスタントコーヒーを混ぜただけの手軽な飲み物だが、夏でも冬でも、この一杯にほっと心身が和らぐ。疲れているときはなおさら、仄かな甘味や苦味が染みてくる。

直登は、中学の時からバッテリーを組んでいた郷田ともども野球部に入部していた。しかし、進学校である海藤高校では、ほぼ毎日のように小テストが繰り返され、ある程度の点数を取らないと放課後、補習を課せられた。つまり、部活に参加できなくなるのだ。「野球だけしかできない、しようとしないやつは、絶対に優れた選手にはなれん。高校三年間の内に身につけなければならない知識や知性は、高校三年の間に身につけるんだ。知識を得て、知性を磨いて初めて自分たちの野球が見えてくる。そういうこともある」とは、野球部の八尾監督の言葉だとか。


一年生の直登は部活と学習の両立、そのコツがつかめず、がむしゃらに頑張り、疲れ切って帰宅する。普段でも少ない口数がさらに減り、紀子とほとんど会話を交わさない日さえ、珍しくはなかった。その日はどういう風向きなのか、直登はさして疲れた様子もなく、いつもよりは饒舌だった。

母と息子の間を時間が緩やかに流れて行く。楽しいと感じた。その楽しさの余韻の中で、カフェオレを吞む。ささやかな、でも、至福と呼んで差し支えない幸福感を紀子は味わっていた。自分の食器を洗い終えた直登が流しの前で振り向き、突然に問うてきた。

「おれって、親父に似てる？」

「え……なによ、急に」

少し狼狽えた。どうして狼狽えるのか分からない。息子が幼いころ死別した父の面影を自分に重ねる。ごく自然の成り行きではないか。それなのに、不意をつかれたように感じ、戸惑い慌てる自分自身が解せない。

説明できない狼狽を気取られたくなくて、テレビの画面に目をやった。外国の街が映り、顔は知っているけれど名前は知らない女性タレントが石畳の道を歩いていた。

この娘、何て名前だったっけ？

そう訊くのは容易いけれど、いかにも息子の問いをはぐらかしたようで躊躇われる。紀子はマグカップを置き、わざとまじまじと息子を見詰めてみた。

「なんだよ」

直登が顎を引いた。

「いや、どうなのかなって思って。うーん……そんなに似てるとも思えないけどな」

嘘だった。

息子は父親によく似ている。母親の紀子より、父の久志から余程多くのものを譲り受けた。普段は生真面目に張っているのに笑うとふっと緩む目元だとか、照れると耳の後ろを掻く癖だとか、硬く真っ直ぐな髪の質だとか、笑い声の微妙な響き方だとか、そっくりだ。成長するにつれ、そっくりになってくる。むろん、まるで違う面も多くあったけれど。

久志は上背はあるが細身の、どちらかというと華奢な体軀の男だった。スポーツより音楽や読書を好んだ。声を荒らげることも、言葉を尖らせることもなかった。そういう静かな佇まいに惹かれた。おそらく、紀子の方が先に惹かれたのだと思う。

直登にはそんな類の静謐さはない。もっと感情の起伏が激しく、激しい感情を抑え込む強靭な意志を持っていた。年齢ではなく持って生まれた性質だろう。

直登なら曖昧に女を愛したりはしないはずだ。決して、しないはずだ。

「でも、ほんとにどうしたのよ、急に」

カフェオレをすする。いつの間にか冷めて、生温くなっている。

不味い。

「どうして、お父さんの事なんか聞きたがるの。今まで、そんなことなかったのに」

「まあな。別に必死こいて聞き出したいわけじゃないけど……、なんか今日、変なオバサンに会っちゃって」

「変なオバサン？」

マグカップをテーブルに置く。指先が震え出しそうで恐かった。

「変なオバサンに会ったって、どういうこと？」

「うん。いや、べつにごくフツーのオバサンなんだけど、商店街を歩いてたら突然、声をかけられて……。『もしかしたら小城直登くんですか』って。『はい』って返事したら、なんかこうちょっと笑いながら、おれのことじっと見て『お父さんに、よく似ているね』みたいなこと言ったんだ」

「まぁ……それで？」

「いや、それだけ。おれ、ダチといたし、オバサンと話をするのもなんだから、さっさと帰って来たけど。あの人、親父の知り合いなんだろうな。懐かしいって感じだった」

「どんな人だったの」

「どんなって……だからフツーのオバサンで。でもまぁ、けっこう美人の部類かな。わりにすらっとしていたような気がする。でもまあオバサンだった。きれいなオバサン」

そこまで言うと、直登は軽く肩を回した。

「おれ、ちょっとランニングしてくる」

「え？　あ、そう。ごくろうさま」

上の空の労い言葉に、直登が眉をひそめる。

「母さん、どうした？　そのオバサンに心当たりがあるわけ？」

「え……いや、まさか。あんたの話だけじゃわかんないわよ。お父さんの知り合いなんて、いっぱいいただろうし……」

「でも、ほんとにきれいな人だったな。案外、親父の恋人だったりして」

紀子はカフェオレを飲むふりをして、俯いた。

直登が出て行く。

一人、取り残される。

案外、親父の恋人だったりして。

そうかもしれない。あの女かもしれない。

目を閉じる。

髪の長い細面の女の顔が浮かんだ。輪郭も顔立ちもおぼろだ。黒目がちの美しい目をしていたことだけは忘れていない。久志はこの目に惚れたのだろうと、強く感じたことも覚えている。

女は麻里という名前だった。久志の行きつけのレストランで働いていた。紀子より二つ年上だった。二年も前から、男女の関係があったと知ったとき、紀子は眩暈を覚えた。それが驚きのせいなのか、怒りのためなのか未だにわからない。

「ぼくには……できない」

顔を伏せ、久志は言った。

「ぼくにとって、麻里もきみも大切で……、どちらかを選ぶなんてできないんだ」

紀子は半ば口を開けたまま、項垂れた夫を見詰めていた。瞬き一つ、できなかった。眼球が乾いて痛いと感じた。じわりと涙が滲む。瞼を閉じると、深紅の色が広がった。耳の奥ではごうごうと、海鳴りに似た、猛火に似た、吹き荒ぶ風巻に似た音が鳴り響く。怒りのためだと、今度ははっきりと自覚できた。

「ふざけないで」

叫んでいた。

「そんな、無責任なことよく言えるわね。ふざけないで」

久志は黙っている。

男の沈黙の何と卑劣なことか。

「よくもよくも、そんなことが……信じられない」

「紀子」

「嫌よ。出て行って。顔も見たくない。今すぐ出て行って」

若かったなと思う。

今なら、詰るにしても、責めるにしても、もう少し冷静に言葉を選んだだろう。十数年前、紀子はまだ二十代だった。夫がいて息子がいて一戸建ての家があって、久志が知り合いから貰って来たアイリッシュ・テリアが庭を走っていた。

絵に描いたような幸福。自分が手に入れた幸福は少し退屈な日常として、いつまでも続くものだと信じてきた。こんな裏切りが口を開けていようとは、予想もしていなかった。その衝撃を上手く去なし、感情を宥める。そんな術をまだ手に入れていなかった。

久志が身じろぎする。

「……直登と離れたくないんだ」

掠れた声だった。

呑み込んだ息が塊になって気道を塞ぐ。

「直登が可愛くてたまらない。あの子とずっと一緒にいたい」

夫を見詰める。

眼球が乾き、疼き、涙が滲む。

それは赦せということか。何も知らない振りをして、忘れた振りをして、親子三人の暮らしを続けてくれということか。

何と身勝手な。

怒りは少しも治まらず、なお激しく燃え盛っているのに、耳奥の音は消え、全てが凪いでいた。無意識にリビングのドアへ視線を向けていた。廊下を挟んだ子ども部屋では直登が眠っている。まだ、五歳だ。

「あいつ、野球をやりたいって言うんだ。ボールを投げてみたいって」

その年の夏、麻里との関係が明らかになる前、久志は直登を甲子園に連れていった。直登の年齢と甲子園の猛暑を憂慮して止めたけれど、珍しく久志は我を通した。

「ぼくは身体が丈夫じゃなかったし運動も苦手だった。だから、余計、甲子園に憧れてしまう。息子と一緒に、甲子園の野球をどうしても見ておきたいんだ」

そう言い張る久志の口調には有無を言わせぬ強さがあって、それは紀子の口を閉ざすには十分なものだった。

久志と直登は甲子園に出かけた。一日で赤く日に焼けた顔を、夫も息子も綻ばし楽しげに帰って来たのを覚えている。

「直登が野球をするなら、父親としてキャッチボールくらい相手をしてやりたくて」

「止めて」

紀子はこぶしを握る。

「そんなこと今、言わないで。卑怯よ」

卑怯だ。肌が粟立つほど卑怯な言葉だ。虫唾が走る。それなのに心のどこかで、直登を鎹としてあの型どおりの、ささやかな幸福を守り抜きたい思いが渦巻く。

赦せばいい。赦すことなどできない。でも赦さなければ……。いや、やはり赦せない。

翌日、久志は家を出た。

紀子が顔を見たくないと言い張ったからだ。家を出て、麻里のところではなく、隣市のウィークリーマンションを借りて暮らし始めた。

あのまま、時が経っていればどうなっただろう。

時折、考える。

久志が会社で倒れ、搬送された病院で意識の戻らぬまま亡くなった当初は、ずっとそれだけを考えていた。

あのまま、時が経っていれば、わたしたちはまた夫婦に戻っただろうか。お互いに赦したり赦されたりしながら老いていっただろうか。相手を失った問いかけは、忘れられた洗濯物のようだ。はたはたと翻るだけで何も返ってこない。

紀子は冷めきったカフェオレを口に運んだ。もう一度、温めなおそうかとも考えたが、億劫で動く気がしない。

直登に声をかけた相手が麻里かどうか、わからない。確かめる術はないだろう。確かめたいとも思わない。

もう、どうでもいいことだもの。

胸の中で呟いていた。

直登の話を聞いた瞬間は、久志の葬儀でちらりと見かけた喪服の麻里の姿が浮かび、狼狽えもしたけれど、もう落ち着いている。

紀子は直登を育てなければならなかった。

過去に拘るひまも、感情をもてあまし悶々と悩むゆとりもない。懸命に、必死に、まっすぐに明るく生きてみせる。

自分を裏切り、詫びもせずに逝ってしまった男に、わたしの生き方を見せてやる。そんな意地と直登の存在に支えられ、紀子は一日一日を、一月一月を、一年一年を過ごしてきた。

直登は、ますます野球にのめり込み、身体が一回り大きくなり、十年に一度の逸材だと言われるまでになった。そして、一度は逃した甲子園出場を奇跡のように手に入れた。あのときは、直登が意気消沈ししゃがみ込んだのは、地方大会の決勝戦で敗れた後だけだった。

直登は、どう声をかけていいか見当がつかず、かける言葉などないのだと気付き、気付きながらなお、言葉を探ったりしていた。

紀子も辛かったが、その何倍も直登は苦しかったと思う。苦しみに耐えた褒美のように直登は甲子園の土を踏んだ。今、確かに甲子園のマウンドに立っているのだ。

ここが、あの子が焦がれた場所か。

アルプスタンドにひしめく人、声に音に震える空気、身体の芯まで届くような太陽の熱、蠢く巨大な気配、緑の芝生、黒い土、空を行く鳩の群れ、風に揺れる大会旗……。

あの子は、ここをずっと求めていたのか。

どぉんと歓声が沸いた。地鳴りのようだ。雷鳴のようだ。紀子は思わず目をつぶり、身体を縮ませた。

「よっしゃあ、いいぞ」

『井筒ベーカリー』のマスターが両手を打ち鳴らしている。

「小城さん、やっぱり直くんはすごいね。甲子園の第一球が、真っ直ぐのストライクなんだから」

「あ、はぁ。そうなんですか」

「あれ、まさか見てなかったなんてことは」

「あっ、いえ見てました、見てました。ただ、何もかもがすごいので圧倒されちゃって」

「そりゃあ、甲子園だからね。何もかも桁違いさ」

五十がらみのマスターは鼻の頭に汗を浮かべ笑った。それから、グラウンドへと視線を戻す。

甲子園のグラウンド、甲子園のマウンド、焦がれ続けた場所に立ち、直登は今、何を考えているのだろう。渦巻く想いがあるのか、無心に近い心境で投げているのか。

二球目もストライクだった。相手打者のバットが空をきった。こんなにもさまざまな音に満ちているのに、その音が、バットが呼び寄せる風音が聞こえた気がする。

三球目を打者がひっかける。勢いのないぼてぼてのゴロが三塁前に転がった。サードの五森が前に出る。五森弘太。直登が一度、家に連れてきたので、特大のトンカツを作ってふるまったことがある。「美味い、美味い」を連発して、瞬く間に、二枚、たいらげた。若い人の食べっぷりは気持ちがいい。旺盛な食欲は生への賛歌のようで心が弾む。きれいに空になった皿や茶碗を片付けながら、我知らず鼻歌を歌っていた。

丸顔の優しげな面立ちをした少年は、今、どんな顔つきになっているのか。スタンドからはちらりとも窺えない。

空気がどよめいた。五森のグラブの中でボールが跳ねたのだ。跳ねて足元に転がったボールを五森が拾い上げ、ファーストへと送球する。

塁審の手があがる。

アウト。

紀子の周りで、一斉に息を吐き出す音が起こった。紀子自身も深く息を吐いていた。試合が始まったばかりで、海藤のナインはまだ足が地についていないようだ。

無理もないと思う。

甲子園なのだもの。何もかも桁違いの場所なのだもの。そこで野球をするのだもの。

彼らはまだ十代なのだもの。平常心を求めるのは酷だろう。それは相手チームにもむろん、言えることで、攻める者も守る者も、この熱気にこの歓声にこの渦巻く気配に、心身を突き上げられるような心地を味わっているのではないか。

二人目の打者がバッターボックスに入る。直登が振りかぶる。

紀子には野球はわからない。ルールさえ、定かには知らなかった。ただ、マウンドで直登が動じていないことだけはわかった。

踏みしめる足が、振り下ろされる腕がぶれていない。確かな力が伝わってくる。

だいじょうぶだわ。

胸を押さえ、安堵の息を吐く。

息子が誇らしかった。

自分の憧れを自分の手で摑みとった息子が誇らしい。それなのに、心が重くなる。胸の奥が鈍く痛んだ。

大きくなっちゃった。

安堵の息よりなお深く、寂寥の吐息が零れそうだ。

直登がこれから先、どんな生き方をするかわからない。どんな生き方をしても、自分の選んだ道を一人歩んで行く。紀子は寄り添う必要も、手を差し伸べる必要もない。労わられることはあっても、頼られることはないだろう。

飛んで行っちゃうんだな。

雛はいつまでも雛のままじゃない。羽が生え揃い、逞しくなり、力をつけ、一羽の若鳥になる。堂々と空を舞うものになるのだ。

紀子は自分の役目が終わりに近づいたことを悟った。甲子園のマウンドに立つ直登の姿に、悟らされた。

間もなく、終わりがくる。

ふっと、風を感じた。真夏の甲子園の風ではなく、もっと柔らかな微風だ。辺りを見回す。もしかしたら……。

もしかしたら、いるの。

ああ。

久志の返事が耳に届く。空耳だろう。空耳でも、ずい分久しぶりに聞く声だ。会いたいとは思わない。けれど、腹立たしいとも感じない。赦すとか赦せたとかじゃない。久志自身が色褪せた古い写真のようで、どこか懐かしくさえある。

あぁやっと、懐かしむことができた。

紀子は甲子園の空気を吸い込む。

やっと、あの人を懐かしいと感じられた。

肩の辺りが楽になる。重石が音を立てて外れた気がした。自由になれた気がした。寂寥を背負い込んだかわりに、凝り固まった想いを一つ、捨てられたのだろうか。

拍手が起こる。

バッターを三振にしとめたピッチャーへの称賛の拍手だった。三人目のバッターは人目を引くほど大柄だった。大熊という名前がアナウンスされる。何だか、体軀に似合いすぎた名前で、おかしい。

「当たったら、でかいぞ」

マスターが唸る。唸った後、肩を竦め「当たらないけどな」と、続けた。相手側のスタンドが俄かに賑やかになる。

一球目はボールだった。二球目も外れた。

「おいまさか、大熊にびびってんじゃないだろうな」

背後で誰かの小声がした。「ばか、小城がびびったりするもんか」と、やはり誰かが応じた。

三球目はストライク。四球目はライト方向のファウルだった。あわやホームランという大きな当たりだった。キャッチャーの郷田が、マウンドに駆け寄る。二言、三言声をかける。直登がほんの少し笑ったように見えた。白い歯がちらりと覗いたのだ。

直登は怯えてなどいない。甲子園にも、バッターにも、竦んでなどいない。たいしたものだ。心底、感心する。

直登、あんた、たいしたもんじゃないの。

飛び立って行くのが若鳥の宿命なら、親は黙って見送るしかない。わたしはちゃんと見送れる。見送れるほど、愛してきた。

あなたに対してはできなかったわね。あなたが、なぜ、麻里さんに惹かれたのか、些かも考えなかった。不実な男のまま死なせてしまった。

大熊のバットが回る。ボールは郷田のミットに納まっていた。

歓声、拍手、喝采。

海藤ナインが引きあげてくる。紀子も力いっぱい拍手した。久志の声はもう聞こえない。おそらく二度と聞くことはないだろう。

紀子は前を見詰め、一際高く手を鳴らした。


ベンチに戻る。

直登はペットボトルのスポーツ飲料を一口、飲み下した。身体の中を潤いが巡る。

「生まれて初めての甲子園。どうだ、緊張したか?」

八尾監督が話しかけてくる。いつも通りの口調だった。

「はい」

正直に答える。ほうと八尾は目を細めた。

「それで、いつ緊張が解けた」

「一球目を投げたときです」

最初の一球が、郷田のミットに納まる。それで、封印が解けた。野球なんだ。弾けるように思った。

やっぱり野球なんだ。

直登が投げて、郷田が捕る。ずっと続けてきた野球だ。場所が母校のグラウンドであろうと甲子園であろうと、変わりはない。甲子園だからといって特別の野球をするわけじゃないんだ。当たり前なのだけれど、当たり前として実感できなかった。ずっとずっと憧れてきた球場だ。そこでの野球は、普通でない何かを纏うのではないか。特別な何か、異質な何かを帯びるのではないか。その何かがわからなくて、わからないことが不安だった。

けれど、一球投げて、わかった。

野球はどこでやっても、野球なのだ。どこであろうと、郷田のミットに向けて投げればいい。それだけのことだ。一八・四四メートル前には郷田が座り、背後とベンチには仲間がいる。豪勢なことじゃないか。

「一球目か、なるほどな」

八尾が笑う。満足気な笑みだった。

「楽しいな、直登」

「はい」

「野球っておもしろいって、つくづく思うだろう」

「はい」

うんうんと二度、頷いて、八尾はベンチから身を乗り出した。バッターボックスに向から柘植を呼び止め、耳打ちする。柘植が首肯し、僅かに肩の力を抜いた。

「さっ、おまえも楽しんでこい。せっかくの甲子園だぞ」

八尾の手が柘植の背中を叩く。パシッと乾いた音がした。

「いてっ。監督、痛すぎますって」

「馬鹿。これくらいで騒ぐな。三振なんかしてみろ、背中百叩きだぞ。覚悟して行ってこい」

「監督。脅かさないでください。選手にプレッシャーかけてどうするんですか」

「うるさい。早く行け。行って思いっきり暴れてこい。打席に立てば、全国放送だぞ。日本中におまえの顔が映るんだぞ」

「え、いやぁ、それもプレッシャーだな」

二人のやりとりに、ベンチ内で笑いが起こる。

予感がした。勝てるという予感だ。みんなと声を合わせて笑えた。甲子園の一試合目で笑えたのだ。

勝てるかもしれない。かもしれないじゃない、勝つんだ。勝てるんだ。

直登はペットボトルを握り締めた。

「いい雰囲気だよな」

郷田が横に座る。

「かなり、いいいな」

「おまえも、かなりだぞ」

直登の目の前に、郷田が手を差し出す。

「かなり応える。手のひら、つーか、手の中にバシバシ、くるぞ」

「絶好調だからな」

「またまた、あんまり調子にのんな。おまえが調子にのると、すげえ球も投げるけど、意外にポカ球も放っちまうからな」

「おまえって、つくづく心配性だな」

「女房だからな。亭主を案じるのが役目だし」

郷田が片目を閉じる。直登が顎を引いたとき、金属音がした。バットがボールを捉えた音だ。

白いボールが一、二塁間を抜けて行く。

「うおっ、慎介。きれいに合わせたぞ」

郷田が口笛を吹く。

柘植は足が速い。塁に出れば生還する率は、チームの誰より高いだろう。次の五森が送りバントを決め、二塁に進めれば、得点の可能性は格段に高くなる。

「行け、行け、イッモリ」

スタンドの声援が生き生きと響いてくる。直登は、ゆっくりと甲子園のグラウンドを眺めた。一塁に柘植がいる。バッターボックスへと五森が向かう。

この試合、勝てる。甲子園での一勝をもぎ取れる。

「ねえ、甲子園での最初の勝ち星、母さんにちょうだいよ」

甲子園に乗り込む前夜、母の紀子に言われた。

「ちょうだいって、どうすりゃいいんだよ。ラッピングして渡せないぜ」

「思うだけでいいの。この勝ちは母さんに贈るって、ね」

「なんか、気障（きざ）っぽくねえか、それ」

「気障でも、嫌味でもいいから。ちょうだいよ」

母なりの激励だと解せたから、「わかったよ」と笑ってみせた。けれど、直登は本気で母に甲子園での一勝を贈りたい。

父の記憶はほとんどない。背の高い印象が残っているだけだ。ずっと母に支えられてきた。ときには、鬱陶（うっとう）しくも面倒でもあったけれど、ケンカも口答えもしたけれど、母が支えてくれた事実は揺るがない。

母さんに、手渡したい。

直登は甲子園の空を見上げた。

雨雲の走る空だった。

広州学園の内野陣が、前に出て、バントに備える。

グラウンドの空気が張り詰めた。

初回に二点をもぎ取った後、海藤打線は沈黙した。

広州学園のピッチャーが立ち直ったのだ。

川瀬(かわせ)という二年生ピッチャーは、さほど球速があるわけでも、多様な球種を駆使するわけでもない。目立つほどの体軀(たいく)をしているわけでもなかった。

それなのに、打てない。

前には飛ぶのだ。海藤は毎回のようにランナーを出し、何度も得点圏内にランナーを進めていた。六回の攻撃など、ワンアウト満塁という絶好の機会を作り出しもしたのだ。

全国高等学校野球選手権記念大会三日目第二試合、六回裏。

海藤高校の攻撃は、一番から始まった。その好機に応えるかのように一番の柘植が、川瀬の三球目をセンター前に打ち返した。二番の五森がバントを決める。スタンドがどよめく。

ワンアウト、二塁。

三番の郷田がバッターボックスへと向かう。いつもより、大きな歩幅だった。一歩、一歩を踏みしめるような慎重な足取りだ。

一回裏の攻撃とまったく同じ状況だ。だとしたら……。

やっと、ホームベースを踏めるぞ。

海藤ベンチは俄かに勢いづいた。監督を除き、そこにいる誰もが頰を上気させ、こぶしを握り、声を限りに郷田へのエールを送った。

一回の裏では、郷田は一、二塁間をぬけるクリーンヒットを放ち、柘植をホームに還している。

「キョン、力むなよ」

背番号「2」の背中に声をかける。郷田は振り向き、にやりと笑んだ。口角をやや持ち上げた不敵な笑みだった。

「ナオ、それって、ゲン担ぎのつもりかよ」

「え？」

「一回のときも、同じセリフ言ったぞ」

「あ……そうだったっけ」

「そうだよ。何か久しぶりに〝キョン〟って呼ばれたなって、ミョーにくすぐってぇ気分だったんだから」

郷田は、本当にどこかをくすぐられてでもいるかのように、鼻の先に皺を寄せた。

ゲンを担いだつもりも、担ぐつもりもない。郷田の背中は広く、逞しく、自信に満ちている。「2」の背番号が、雄々しく立ち上がって見えた。不安など微塵も抱かせない雄々しさだ。

郷田は、この試合に照準を合わせてきたかの如く調子を上げていた。好調さは、バッティングにもリードにも表れている。ここまで、郷田は三打数で二安打を放っていた。ストレートリードも、ストレート主体の強気なピッチングを組み立て、要求してくる。ストレートで押し、変化球でかわす。ここまでは、そのピッチングがぴたりと決まっていた。広州学園を、僅かヒット三本に押さえ込んでいるのだ。

やれる。

直登には確信できた。

この回で一気に突き放せる。

いや、突き放す。

郷田が真顔になり、頷いた。

そうだ、突き放す。甲子園の明日を勝ち取るのは、おれたちだ。

「やってくれそうだな」

直登の隣で、佐倉が呟きよりやや大きな声で言った。

「ああ、絶対にやってくれる。そういうやつだからな」

「うん。そういうやつだ。普段はどっちかっつーと、ぼけっとしてて、アホで、鈍感で、食うことと寝ることしか能がねえ特牛みてえなやつだけど、今みたいなときは、あいつほど頼りになる選手はいねえよな、きっと」

「佐倉」

「何だよ」

「それ、褒めてんのか貶してんのか、どっちだ？」

「褒めてるに決まってんだろ。バリバリ、褒めてんだろうが」

「ええ、そうかぁ」

そんな風にはきこえなかったけど。それに、コッテ牛って何だよ。そう続けようとしたとき、音が響いた。

金属バットが硬球を捉えた音だ。

直登は立ち上がり、大きく口を開けた。

白球がピッチャーの横を抜けて行く。グラウンドに叩きつけられ、跳ね、勢いを増して走る。

抜ける。

三遊間を抜けるぞ、キョン。

これで一点、入る。

二塁ランナーの柘植が三塁を蹴った。

三塁コーチャーズボックスの尾上が両手を横に広げる。

「止まれ、慎介、止まれ」

柘植を止める声が、大歓声をくぐり直登の耳まで届いた。

オガ、なぜ、止める。なぜ。

「おい、あれを捕ったぞ」

佐倉が叫んだ。悲鳴のように聞こえた。

広州学園のショートがボールに飛びつき、捕球する。体勢を崩しながらも、本塁へ送球する。長身のキャッチャーはやや高く逸れたボールに手を伸ばし、難なく受け取った。前につんのめるようにして止まった柘植が、慌てて三塁に戻る。

「危ねぇ」

直登の後ろで誰かが大きく息を吐いた。それに触発されたのか、ベンチのそこここで吐息の音が漏れる。

危なかった。

尾上が止めなければ、柘植は確実に本塁に突っ込み、刺されていただろう。まずは、尾上の判断の的確さを称えるべきだ。わかっている。わかってはいるけれど……。

あれを捕られたか。

驚嘆と落胆の思いが綯い交ぜになって、渦巻く。

直登はショートへと目をやった。

甲子園の土に汚れた胸を二度三度、叩いている。その仕草もうつむいた横顔も、落ち着いたごく自然なものだった。

この程度、どうってことないさ。そう言っているようにも見えた。あれだけのファインプレイをしながら、本人も周りも、さして沸き立つ風もない。

「よし、よく止めた、尾上。ナイスランだぞ、郷田。よくやった」

監督の大声と拍手が鼓膜に突き刺さってきた。監督は、とっさに好判断を下した尾上と、本塁への送球の隙に、すかさず二塁まで進んだ郷田を辺りに響く大声と拍手で称えている。

「ワンアウト、二、三塁。絶好のチャンスだ。このまま、たたみかけるぞ」

あっ、そうだ。おれたち、まだチャンスのど真ん中にいるんだ。

ワンアウト、二、三塁。さらに、次の打者は四番のヤマチュウだ。アウトカウントが増えたわけじゃない。柘植が本塁に還れなかった、それだけじゃないか。キョンは二塁まで進んでいる。チャンスは潰え去ってはいないのだ。まだまだおれたちの手の中にある。押しているのは、こっちだ。なのに、なんで圧倒されてるんだ。

直登は唇を嚙む。

しかも、おれは五番だ。山中の次、クリーンナップの一角だぞ。気圧されてて、どうするよ。さあ、バッターズサークルに行け。

自分で自分を叱り、促す。

その一方で、違うと声が聞こえるのだ。違う、おれは気圧されて——おれは気圧されてなんかいない。ただ、点が欲しいだけだ。二点、もらっている。この回で追加点が入れば、勝利はさらに確実なものとなる。だからどうしても点が欲しい。そんなこと、誰だって考えるだろう。思うだろう。ここは甲子園だ。おれたちは勝者になるために、ここに来た。

さらに強く、唇を噛んでいた。微かな痛みと微かな血の味が口中に広がる。直登は血の味のする唾を飲み込んだ。

おれ、点を欲しがっている……。

そのことに気が付いた。

点が欲しい。

餓えた雛が餌をねだるように、渇き切った喉が水を求めるように、追加の一点を望んでいる。

なんで？　二点じゃ、足らないのか？

調子はいい。疲れたわけでも、どこかに故障を抱えているわけでもない。六回まで無失点。打たれたヒット三本。奪った三振は七。かたや、広州学園の川瀬は十二、三本のヒットを打たれているはずだ。ほぼ毎回、ランナーを出している。直登自身も一度、出塁していた。小城直登と川瀬晴海。二人のピッチャーの差は誰の目にも明らかだった。二点あれば十分。後は投げ抜き、二対〇のまま試合を終えてみせる。なぜ、そう胸を張れないのか。

「直登、次だぞ。早く行け」

佐倉がグラウンドに向けて、顎をしゃくる。

打順が回ってくる。

「この回で、ごっそりお点さまをいただこうぜ。そしたら……」

佐倉は直登を見上げ、舌の先を覗かせた。

「代わってやるから」

「は？　代わる？」

「そうそう。マウンド、代わってやるから、おまえ一足先にホテルに帰って風呂でも入って、のんびりしてろ」

「ふーん、おまえにマウンド預けるんだったら、あと何点、必要なんだよ」

「まぁ、二十点ぐれえかな。軽いっしょ、そのぐらいさ」

「ばーか。何点取ったって、おまえなんかにマウンド、渡すかよ」

「うわっ、うちのエース、ドケチだね」

佐倉が大仰に肩を竦め、唇を突き出す。その口調、その表情、その仕草がおかしくて思わず笑ってしまった。笑った後、気が付いた。

おれを笑わせてくれたのか。

気遣われたのだろうか。それほど、張り詰めていたのだろうか。笑うことで少し心が緩んだ。身体が楽になった。

佐倉、ありがとうよ。

言葉にできない感謝を眼差しに込める。佐倉は、なぜか怒ったように口を結び、横を向いた。頬が微かに赤らんでいた。

四番、山中が四球で塁に出る。四球を選んだのではなく、歩かされたのだ。

ワンアウト、満塁。広州学園バッテリーは満塁策をとった。塁を埋め、直登との勝負を挑んできた。

上等じゃないか。

バットを握り締める。グリップの冷たさが手のひらに伝わってきた。自分で追加点を叩きだせば、この上ない弾みになる。

負けはしない。

決して、負けたりするものか。


直登。

紀子は両手を組み合わせ、目を閉じた。

がんばって。がんばって。がんばって。

誰かを叱咤激励する言葉は嫌いだ。他人が何気なく口にする「がんばって」「がんばるんだぞ」の一言に、深く傷ついた経験を幾つももっている。必死にがんばっている者に対し、さらにがんばれと激励する残酷さに、他人はあまりに鈍感だ。

夫を失い、幼い息子を抱き、紀子はがんばってきた。だからこそ、不用意に、無自覚に、無責任に「がんばれ」なんて口にしたくない。

でも、でも、直登。

両手をさらに強く、組み合わせる。そして、祈る。神ではなく仏でもなく、甲子園のグラウンドに立つ息子に祈る。

直登、がんばって。

川瀬の勝負球は低目に集まるカーブだ。ストレートは最速で百三十キロ。さして重くはない。コントロールが抜群によくて、低目低目に球が集まるから打ち辛くはあるが、タイミングさえあえば、長打も狙える。そう、柘植を生還させることはさして難しくはないはずだ。

直登は自分に言い聞かす。

山中との勝負を避け、満塁策をとった広州学園バッテリーに対し腹立ちも覚える。

舐めんなよ。

胸の奥からふつふつと闘争心が湧きあがってきた。

「直登」

呼ばれた。

呼んだのは、キャプテンの尾上だ。三塁コーチャーズボックスから直登を見ている。この大声援の中で、よく聞き取れたたな。

「おまえなら、やれるぞ」

尾上はそう続けた。あぁと頷く。

「相変わらず、褒め上手だね、キャプテン」

「まあな。けど、おれ本気で言ってるから」

球場を包む声や音をかいくぐり、尾上の声が届いて来る。

直登はバッターボックスに立つ。

風が足元を吹き過ぎて行く。

雲が割れて、僅かに青空が見えた。光が降りてくる。

マウンドが白く浮き出る。

今、その場所の主であるピッチャーがセットポジションから一球を放つ。外寄りのカーブがストライクゾーンぎりぎりに入ってくる。

「ストライク」

審判のコールに空気が揺れる。波動となりぶつかってくる。

二球目はストレートのボールだった。三球目も外れた。四球目を直登は打ち返した。確かな手応えと共に、白球が大きく弧を描く。風に押され、それはほんの一、二メートルポールの外側に落ちた。

ファウル。

悲鳴、ため息、歓声、拍手……全てが混ざり合い甲子園の咆哮となる。

直登は指を握り込んだ。

ほんの少しタイミングがずれた。

そこを修正できれば、いや、必ずやるんだ。

川瀬はカーブを主体にピッチングを組み立てているけれど、決め球は真っ直ぐだ。次はストレートで勝負してくる。

グリップを握る。

空を見上げる。

雲はさらに割れ、灰色の草原を縦横に走る細流のように見えた。

五球目。

川瀬の放ったボールが、真ん中低目にくる。真っ直ぐだ。

もらった。

直登は胸の内で吼えながら、バットを振った。

もらった。捉えた。勝った。

瞬間、ボールが沈んだ。

ストライクゾーンを大きく外れる。

え？

バットは空を切り、直登は危うくたたらを踏みそうになった。

「ストライク、バッターアウト」

大きく息を吸い込み、両足を踏ん張る。そうしないと、膝をついてしまいそうだった。

シンカー？

直登の一振りを嘲笑うように、ボールは確かに沈んだ。

ここまで川瀬が投げたシンカーは、その一球のみだった。魔法のように、奇跡のように、ボールは打者の近くで変化したのだ。

「まかせとけ」

六番の樹内が直登の肩を軽く叩く。

「頼む」

頼むぞ、樹内。

樹内は二球目を打ち上げた。走者が一斉に走り出す。

行け、行け。

高々と上がったボールに向かい、直登は念じる。

頼むから抜けてくれ。

前進守備だった広州学園のライトが後退する。懸命にボールを追う。その頭上を樹内の打球が越えて行く。

落ちろ、そのまま、グラウンドで跳ねろ。

ライトが地を蹴る。跳ぶ。

差し出したグラブの中にボールは、それが予め決められたコースででもあるかのように、すぽりと納まった。

「なんでだよ」

翔の隣で紘一が声をあげた。

「なんで、ここで点が取れねぇんだよ」

「上手(うま)いからだろ」

翔はペットボトルのミネラルウォーターを一口、飲み下す。

クーラーが嫌いだから、窓を大きく開け放ち扇風機を回している。窓からは、初秋を思わせる涼やかな風が吹き込んでいた。蟬の音も、夕暮れ時には、耳をつんざく油蟬ではなく、どこか物悲しく美しい蜩(ひぐらし)のものに変わる。夏は終わろうとしていた。それを、感じる。

だから、全身に汗をかいていたのは気温のせいではない。テレビに映し出された試合のためだ。

「ほんとに鉄壁の守備陣だな。あの打球を捕れるなんて……」

「羨(うらや)ましいか」

紘一が缶のコーラを飲み干してから、問うてきた。

「こんな守備陣が後ろにいたら、ピッチャーは楽だよな。思いっきり投げることができる」

「まあな。でも、東祥の守備もかなりのもんだったけど」

「そうか」

「そうさ。おれ、マウンドにいて自分が不安だったことは何度もあるけど、守備が不安で落ち着かないなんての、一度もなかったもの」

「翔」

不意に紘一が抱きついてきた。

「おまえって、何でそうカワイイこと言うんだろうねぇ。おじちゃん、胸キュンキュンしちまうよ」

「馬鹿っ、暑苦しい。放せ」

紘一の額を指で弾き、翔はテレビに視線を戻した。小城直登がマウンドに上がる姿が映し出されている。

小城。

遥か甲子園球場のマウンドに立つ男に、語りかける。

踏ん張れ。踏ん張れ。踏ん張れ。

カナカナカナ、カナカナカナカナ。

窓から風と共に、蜩の声が流れ込んできた気がした。

追加点を挙げられなかった。

なんでだ？

なんで、あの程度のピッチャーを打ち崩せないんだ？

なんで、完璧に阻まれるんだ？

六回裏を零封された瞬間から、海藤ベンチの空気が重く、冷たく変化していく。七回も両チームとも無得点に終わった。七回の裏、海藤打線は初めて三者凡退を喫したのだ。

「だって……美濃原の方がよっぽど上じゃねえかよ」

誰かの呟きが耳に残る。

美濃原翔の、実年齢より幾分幼く見える顔を思い出す。空へ突き上げたこぶしをそっと下ろした、あのときの顔だ。

あいつ、見ているだろうか。

視線をスタンドに巡らせてみる。

スタンドのどこかで、家のテレビで、この試合を見ているだろうか。それとも、受験勉強に集中しているだろうか。それとも……。

「みんな、円陣、組んでくれ」

尾上が右肩を大きく回した。

「おれたち二点リードしてんだぞ。しかも、もう八回だ。焦るんだったら広州の方だろう。おれたちじゃない」

尾上は少し掠れた低い声を出し、海藤のナインを見回した。

「そうそう、オガの言う通り」

　佐倉が胸を張る。

「残りはあと二回。ナオからたった二回の攻撃で二点、とらなくちゃならないんだ。おれたちだって、けっこうムズイぞ。こりゃ厳しいですわ」

　佐倉の剽軽な物言いに、数人が笑い声を漏らした。

「みんな、負けること怖がってないか」

　尾上の声がさらに低くなる。

「勝ちに拘るのと、負けを怖がるのとは全然、違うぞ」

　直登は息を呑み込んだ。

　負けることを怖がっている。

　そんなこと考えたこともなかった。選手として戦う以上、どんな試合にも勝ちたいと望んできた。当然だろう。

　勝ちたい。

　負けたくない。

　負けるのが怖い。

　郷田が何かを呟いた。聞き取れない。

「後二回。守り通して次に進もうぜ」

　尾上がふいに声を大きくする。

——自分たちの背負ったたくさんの思い、悩み、焦燥や迷いとともに、かけがえのない一日一日を生きて、かけがえのない一試合一試合を戦いぬくことを誓います。

尾上の宣誓がよみがえる。

そうか、おれ、知らないうちに背負ってたんだな。

直登は呑み込んだ息を吐き出す。

美濃原のあのこぶしを、東祥の甲子園辞退を、奇跡として手に入れた甲子園の切符を、やっぱり背負っていたんだな。

勝ちたいではなく、負けるわけにはいかないと思っていた。甲子園で一勝することで、やっと、本物の甲子園出場校になれると考えていた。心のどこかで、気づかぬうちに考えていた。

「おれたちは海藤高校の野球部だ。忘れんなよ」

「おうっ」

尾上の檄に、選手全員が答える。

海藤ナインは、それぞれのポジションへと散っていった。

八尾は選手たちの背中を目で追う。

どの背中も淡く発光して見えた。

「尾上」

「はい」

「馬鹿野郎」

「は？」

「おれが言おうと思ってたこと、全部、言いやがって。監督の出る幕がまったくなくなったじゃないか」

「あ……すみません」

尾上が素直に頭を下げるものだから、苦笑してしまう。

「負けるのを怖がっているか……よく、気が付いたな。たいしたもんだ」

率直に称賛を口にしていた。

よく気が付いた。たいしたものだ。

選手たちがそれと意識しないまま引き摺っているものによく気づいた。八尾でさえ、試合が中盤に差し掛かったころ、やっと思い至ったというのに。それをどう選手たちに伝えるべきか、考えあぐねていたというのに。

「外にいますから」

「うん？」

「おれ、試合を外から見てますから。だから、わかるんです。多分、グラウンドにいたらわからなかったと思います」

「……そうか」

プレイしないからこそ見える野球があるってことか。

また、教えられたな。

また、子どもたちに教えられた。

胸が震えた。

子どもたちに教えられ、子どもたちに伝え、子どもたちと生きて行く。そして、幾度も子どもたちと甲子園に来ることができる。

純一、羨ましいだろう。羨ましがれ。羨ましがれ。さっさと一人で逝った罰だ。

風が土埃を舞い上げる。

この試合が始まる直前、胸の内で教え子たちに投げた言葉を、繰り返す。

そうだ、行け。何を怖れることもない。

八尾は身を乗り出し、グラウンドに目を凝らした。


八回の表。

広州学園はエラーと長短二本のヒットを連ね、海藤から一点をもぎとった。

直登の速球に上手くバットを合わせてきたのだ。終盤に入って、球威がやや落ちてきたところを狙われた。このチャンスを待っていたかのような、狙い方だった。

佐倉が伝令としてマウンドに走ってくる。

「ストレートで押せ。惑わされて変化球に頼るな。広州打線は変化球に当ててくるのが上手いんだ。今日の小城の調子ならこれ以上、連打されることはない。一点で抑えられる。以上。質問あるかバッテリー」

「ない」

「よしっ。これでおれの役目は終わり。ベンチで寝ちゃうからな。試合が終わったら起こしてくれ。じゃあな、バイバイ」

手を振って、佐倉がダッグアウトへと帰って行く。

「さすが監督、見抜かれちゃった。おれ、変化球主体に組み替えていこうかなんて考えてたんだ。まだ、甘いね」

郷田が肩を竦める。

直登は笑い、その胸を肘で突いてみた。

「ストレート勝負だ、キョン」

「おうっ。勝負だ」

ストレートで押す。

次の打者を三振に打ち取り、広州学園の反撃を断ち切った。しかも、その裏、海藤は待望の追加点を得た。

二番の五森のソロホームランだった。一番が凡退した後の一発だった。

どれほど鉄壁の守りであっても、ホームランだけはどうしようもない。三対一。点差は再び二点に広がった。

しかし、川瀬晴海というピッチャーの凄味を海藤ナインが味わったのは、その直後だった。

続く三番、四番を凡退させたのだ。

郷田はあわやヒットという鋭い当たりを放ったけれど、あのショートに止められた。ピッチャーも野手も、五森の一発を駄目押しとは思っていないらしい。

むろん、直登も思っていない。

野球の試合に絶対的な安全圏なんて存在しない。野球の神さまは気紛れで、どちらに微笑むかは最後のアウトを取るまでわからない。

そして、九回の攻防。

直登はマウンドへと向かう。

暑い。

着替えても着替えても、アンダーシャツが濡れてしまう。

あと一回、ここを抑えれば……。

その気持ちのどこかに隙があったのだろうか。直登にはわからない。隙を作ったつもりも、油断したつもりもなかった。ただ、点差が二点に広がったとき、唐突に身体が重いと感じた。

張り詰めていた心の一端が微かに弛み、もう一端がさらに緊張する。野球の試合に絶対的な安全圏は存在しない。しかし、安全圏に逃げ込みたい心理は存在する。

最終回一つ手前の一点は、直登に微かな弛緩と緊張を与えた。

野球の神さまは、その乱れを許さなかった。

抑えが利かなくてほんの少し上ずった球が広州の打線に捕まった。直登の乱調に呼応するように、内野陣にエラーが続く。堅守を誇る柘植さえもゴロを弾いて、ランナーを進めてしまった。

どうしたんだ？

何が起こった？

九回の表、広州学園は三点を奪う。海藤はこの試合初めて先行されたのだ。

村武要はベンチに帰ってきたチームメイトが、異様なほど汗まみれなことに、ぞっとした。

三年間、ずっといっしょにいた仲間だ。要の誇りだった。要自身、二年生のときから故障続きで一度としてレギュラー入りを果たせなかった。それでも、仲間たちが誇らしかった。この仲間と野球を続けている自分が誇らしかった。

甲子園に連れて来て貰ったと思っている。

仲間たちが、おれをここに連れて来てくれたと。

甲子園に来てからも、レギュラー陣と一緒に素振りを欠かさなかった。走り込みも欠かさなかった。努力が全て報われるなんて信じるほど子どもではない。努力を将来の何かに結びつけるのではなく、努力している今を愛しみたいと思っていた。

小城を筆頭に、柘植も郷田も山中も、自分とは違うオーラを放っている。甲子園に相応しいオーラだ。そういうやつらと、甲子園に乗り込んだ。誇らしいじゃないか。

その小城が、柘植が、郷田が……汗に塗れ、荒い息を繰り返している。甲子園の魔に捕捉されたかのようだ。

どうしたんだよ、みんな。

フライ、ゴロ。要の動揺に染まったかのように、五番が六番が打ちとられる。どうした、どうしたんだ、ほんとに……。

「要」

呼ばれ、振り向く。

監督と視線がぶつかった。

「石鞍に代わり、行くぞ」

「え？」

「代打だ」

一瞬、頭の中が真っ白になった。

これは監督の温情なのか。一度としてレギュラーになれぬまま高校野球を去っていく三年生への餞なのか。

「打ってこい。おまえなら、打てる」

「監督……」

「川瀬もここまで一人で投げてきた。相当疲れているはずだ。そして、この試合で初めて得点を背負ってマウンドにいる。しかも一点という、最少のリードでな。苦しいだろう。逃げ出したいほど、苦しいはずだ」

「監督」

「シンカーがくる。あの一球だ。おまえならあれに対応できる。沈む球を捕まえる技量は、おまえがチームで一番だ。いいな、要。シンカーだけに絞れ。他の球は捨ててかまわん。ただ、見逃すな。シンカーが来るまで粘るんだ」

身体が震えた。

心が震えた。

甲子園でバットを握れるんだ。

「海藤高校、選手の交代をお知らせいたします。七番石鞍くんに代わりまして、村武くん」

アナウンスが流れる。要はベンチから一歩、グラウンドへと踏み出した。

「要」

腕を摑まれる。

「直登……」

九回の打席がライトフライに終った直登が見詰めている。

「頼むぞ、要。もう一度、おれをマウンドに上がらせてくれ。このままじゃ、終われない」

指が腕に食い込む。

要は息を吸い、頷いた。

ものすごく緊張する。でも、嬉しくてたまらない。

嬉しくて、たまらない。


直登は汗も拭わず、要の背中を見詰めていた。

もう一度、甲子園に挑みたい。

僅かの油断も、僅かの弛緩も許さぬ聖地に敗れたまま、終わりたくない。

もう一度、あと一回、挑みたい。


「どうしたんだ、翔」

紘一が声を潜めた。

「おまえ……泣いてんのか」

翔は目尻をこすった。指に温かな水滴が付く。

「何で、泣いたりするんだよ。他校の試合じゃないか」

「わかってる。でも、何でか……」

自分でも説明できない。啞然とする。
おれ、何で泣いてんだ。
涙が出る。
間もなく決着するだろう試合に、涙が止まらない。
何でだよう。何で……。
風がカーテンを大きく膨らませる。
カナカナカナ、カナカナカナ
カナカナカナ、カナカナカナ
耳の奥で蜩が鳴く。
夏が終わる。

要が打席に立つ。
川瀬が大きく振りかぶった。
投げた瞬間、身体の軸が揺らいだように見えた。
シンカー。
要のバットが回る。
打球が高く、高く、上がった。
曇天の空へと飛翔していく。

直登は息も吐かず、白球の軌跡を追った。

これで終わるのか。

ここから始まるのか。

甲子園の空に歓声が響いた。


『大和タイムズ』記者、藤浦英明は甲子園スタンドの記者席で、ボールペンを握りしめたまま動けなかった。

目の前には、甲子園のグラウンドがある。さっきまで海藤の選手たちが戦っていた場所だ。今は、グラウンドキーパーたちが忙しく動き回っている。

どう書けばいい？

英明は、自問する。

今の試合をおまえはどんな記事にするつもりだ。

惜敗という単語が浮かんだ。

海藤、健闘むなしく惜敗。

ばかな、そんな陳腐な記事かけるものか。甲子園を戦った選手たちに対し、あまりに無礼ではないか。

代打村武の打球は、フェンスぎりぎりでセンターに捕球された。

あと一メートル伸びていたら、向かい風でさえなかったら、球場の一番深い場所に飛んでいかなかったら……。詮無いと十分知りながらつい、たらと考えてしまう。

惜敗も大敗も、同じ敗北だ。

敗者の苦味。

その一言を英明は嚙み締めた。

敗者の苦味。今、海藤の選手たちが味わっているだろう、あの舌先の焦げるような感覚を、おれもまた知っている。グラウンドから吹いてくる風が前髪を弄ぶ。その風を吸い込み、英明はボールペンを握り直した。


やはり、曇天だった。一年前と同じだ。

直登は空を見上げた。

夏の甲子園大会地区予選、決勝戦。

海藤高校対東祥学園高校。

去年と同一のカードだった。

さすがに〝因縁の対決〟という表現を使ったメディアはなかったが、それなりに書きたててはいた。

〝運命の一戦〟〝両校選手の胸中は〟〝再び激突〟……。

去年はあそこにいたんだな。

県営球場のマウンドを見詰める。

グラウンド整備が終わった直後で、まだ、誰もいない。

去年は、あそこにいた。今年は、外野スタンドに座っている。

肩を叩かれた。叩いた者が、黙って傍に腰を下ろす。直登も黙っていた。

「こうやって見ると」、郷田が静かな口調で言った。

「グラウンドって、意外に広いのな」

「……だな」

「ナオ」

「うん？」

「久しぶりだよな」

「ああ、正月に会ってから……じゃないか」

「懐かしいな、ハグしてやろうか」

「ごめんだね。それより、いいのか恭司。浪人がこんなとこにいて」

「うわっ、やだね、何気に現役合格ひけらかして。母校の大一番の試合だぜ。受験勉強なんかやってられっかよ。みんな、一塁側スタンドにいるぞ」

「みんな、か」

一年前、この同じグラウンドで共に戦った仲間たち、一人一人の顔が浮かぶ。

「おまえ、何で外野にいるんだよ」

「ああ……どうしてかな」

どうしてだか、外野スタンドから、グラウンドを眺めてみたくなった。

あの日、美濃原の打球が飛びこんだ場所だ。

いや、違う。そんな感傷的な気分が理由じゃない。静かだからだ。

内野スタンドに比べれば、ここは人が少なく静かだ。

試合の始まる前のグラウンドを静かに見てみたかったのだ。

「みんなが待ってる。いこうぜ」

「ああ……」

立ち上がる。もう一度空を仰ぐ。

「あいつ、いるかな」

ほろっと言葉が零(こぼ)れた。

あいつ、美濃原翔は、このスタンドのどこかにいるだろうか。いるだろう、きっと。

美濃原、また、いつか。

吹いてくる風に呟(つぶや)く。

また、いつか、投げ合いたいな。

「おい、ナオ、行くぞ」

郷田が振り返り、顎(あご)をしゃくる。

また、いつか。必ず。

試合開始のサイレンが鳴る。
両校の選手が、ダッグアウトから走り出る。
風がひときわ、強く吹く。
雲が流れる。
直登は、空からグラウンドへと視線を移し、風を吸い込んだ。
夏が鮮やかに、匂った。

解説

三羽省吾

高校野球好きでなくとも広く知られた甲子園エピソードに、「奇跡のバックホーム」と呼ばれるものがある。

一九九六年八月二十一日、第七十八回全国高等学校野球選手権大会決勝戦、松山商業対熊本工業。

三対三の同点で迎えた延長十回の裏、ワンアウト満塁で熊本工業の三番バッターが初球を捉えた打球は、高々とライトに上がる。浜風に押し戻されたものの、犠牲フライには充分、サヨナラだと誰もが思った。

一旦バックして、慌てて前進したライトは、前進しながらキャッチした勢いを利用して、思い切りバックホーム。

日本で少年野球を経験した者なら、誰もがそれを見て「駄目だこりゃ」「一か八かは分かるけど」と嘆息したことと思う。

レーザービームではない、中継も使おうと考えていない、超山なりの返球だった。

だが、その大陸弾道ミサイルみたいな超山なりのボールは、山なりだったが故に浜風で加速し、なんとダイレクトでキャッチャーミットに収まる。

間一髪のタッチアウト。

試合はその直後、延長十一回の表に三点を勝ち越した松山商業が、十一回の裏を抑えて優勝を飾る。

この試合が奇跡と呼ばれるのは、あのバックホームのワンプレーだけが理由ではない。九回裏の熊本工業の同点ソロホームラン、十回裏のライトフライの直前に宣せられたライト守備交替、強い浜風、鍛えられていたからこそ三塁ランナーが選択した最短距離の走路、練習で大暴投を繰り返していたことを思い出したキャッチャーの位置取り、バットを拾おうとしたためにセオリーとは異なる位置に移動せざるを得なかったが、そのおかげでタッチの瞬間を見極めることができた主審のポジショニング、十一回の表の先頭バッターが松山商業のライトで、彼が二塁打で出塁し勝ち越しのホームを踏んだこと。

奇跡は、確かに人知を超えた場所で差配される。しかし奇跡は、人が思い、考え、感じ、血と汗と涙を流した積み重ねの先にこそ、起こり得る。

ライトに白球が飛び、その軌道よりも超山なりのボールが返球され、主審がアウトを宣告したあの瞬間、僕達は確かにそれを実感した……。

『敗者たちの季節』を読み終わり、僕が最初に思い浮かべたのは、この「奇跡のバックホーム」だった。

僕も野球小説を書いたことがあるので、極端なことは書けないことが分かっているつもりだ。あの「奇跡のバックホーム」のようなことを書けば、「現実では有り得ない」と言われるに決まっている。まさしく「事実は小説より奇なり」だ。

だが、本書で描かれるこの奇跡は凄い。確かに起こり得る。現実にも、レアケースとはいえいくつか起こっている。

そういうことも含め、あさのあつこさんの作品はリアルだ。

そして、人間関係が濃密だ。

会話を交わすシーンは少ない、あるいは、まったくない場合さえあるのに。

『バッテリー』『ラスト・イニング』の巧サーガ（と僕は呼んでいる）、その他の野球を扱った作品ばかりではなく、『燦』『弥勒』シリーズや、最近連載終了した『薫風ただなか』のような歴史小説でも、それは変わらない（もっとも『薫風〜』の場合、高校野球も無縁ではない。深くは触れないが、めちゃめちゃ驚かされてしまった）。

野球もの以外の作品群を読んで、気付いたことがあった。

濃密な人間関係を感じるのは、物語を紡ぐ者と受け取る者の間に野球という説明不要の媒介があるからというわけではない。

媒介があるとすれば、人だ。人が人を思うという、人としてのどうしようもない性が作用している。

本作で言えば、海藤高校野球部エースの小城直登と、東祥学園高校エースの美濃原翔の関係がそうだ。

彼らは、直接会話を交わしていない。まともに視線すら交わっていないかもしれない。

だが、彼らは互いの心中を考えてしまう。考えざるを得ない。

全国高等学校野球選手権記念大会、某県の決勝戦。翔は確かに勝った。自らのバットで直登から放ったサヨナラホームランによって、試合には勝った。だが、優勝決定後に他の部員が起こした窃盗事件によって、学校が甲子園出場を辞退した。

県代表としての権利は、準優勝の海藤高校へ巡ってきた。

東祥ナインの屈辱はもちろん、海藤ナインの複雑な心境も、察するに余りある。

本当は、直登も翔も相手のことなど気に掛ける必要などない。

効率や生産性だけを優先させれば、直登は目の前の試合に集中していればいいのだし、翔は頭を切り替えて進路のことを真剣に考えなければならない。

しかし二人は、どうしようもなく互いの心中を想像してしまう。

直登は、ダイヤモンドを一周するときに高く掲げた拳(こぶし)を下ろした翔の心中を、翔は敗者でありながら甲子園のマウンドに立つ直登の心中を、理解することなどできないことは百も承知で、思わずにはいられない。

当世流行(はや)りの「つながっていないと不安」という関係性とは明らかに異なる。しかし二人は、確実につながっている。細いが、決して切れることのない線(ライン)で。

我々読者は、そんな二人にどうしようもなく惹(ひ)かれてしまう。

そして、連作短編による多視点を用いたことも、本作にとんでもない深みを与えている。

「夏という今」の八尾、「眼差しの向こう側」の真由香、「遠い閃光」の藤浦、「光を見た」の暁、「光に手を伸ばし」の紀子……。

彼ら、直接プレーしない者達の視点で語られるエピソードによって、グラウンドとベンチでユニフォームをまとった者達が何を背負い、何を思い、何を摑み取ろうとしているのか、ありありと目の前に立ち上がってくる。

グラウンドやベンチからでは、光が眩し過ぎて見えない部分が、何故だか見えてくる。詳しく描かれていない甲子園初戦の広州学園高校の選手にまで、思いが至ってしまう。

以前、あるプロボクサーに聞いたことがある。リングで正対すると、相手がどれくらい努力したのかが、なんとなく分かるらしい。一ラウンドを終えると、どんな研究をしてこの試合に臨んでいるかが具体的に分かる。いいパンチを二つ三つもらうと、トレーニングの内容まで分かる、と。

ボールゲームであっても、それは変わらないように思う。

互いに全力を尽くしているからこそ、分かり合えることだ。

小説家としては言ってはならないことなのかもしれないが、言葉など介さなくとも、むしろ介さないからこそ、分かり合えることが確かにある。

それを小説によって表現することに成功するのは、至難の業だ。

　だから、本書を読み終わり言葉にできない感想を持つ人は、正しい。

　これまた有名な話で恐縮だが、前述の「奇跡のバックホーム」には後日談がある。

　刺した者も、刺された者も、三十代になった。人生のところどころで、互いに「あのワンプレーさえなければ」と思うことが多々あったという。

　そして互いに互いの心中を、想像し続けていたという。

　十七年が経ち再会した二人は、やっと笑い合ってあのころを甘く苦い思い出として語り合えた。

　刺された側が熊本で始めた『たっちあっぷ』という名の店には、両者の高校時代のユニフォームが飾られているという。

　直登と翔にも、いつかそのような日が来ることを、願わずにいられない。

「敗北の意味は百人百様なので、書ききったとも思えません。宿題の半分くらいを提出したような気持ちです」

　本書単行本刊行の際、あさのさんはインタビュー（「野性時代」２０１４年９月号）で、そう答えていた。

「自分がなぜこんなに野球にこだわるのか、本気で答えを探したい」とも。

　もっと引用したい台詞(せりふ)、もっと掘り下げて語りたいキャラクターはたくさんある。だ

敗者(はいしゃ)たちの季節(きせつ)

あさのあつこ

平成29年 4月25日 初版発行
平成30年 7月30日 5版発行

発行者●郡司 聡

発行●株式会社KADOKAWA
〒102-8177 東京都千代田区富士見2-13-3
電話 0570-002-301（ナビダイヤル）

角川文庫 20296

印刷所●旭印刷株式会社 製本所●本間製本株式会社

表紙画●和田三造

ISBN978-4-04-105479-6 C0193

角川文庫発刊に際して

角川源義

第二次世界大戦の敗北は、軍事力の敗北であった以上に、私たちの若い文化力の敗退であった。私たちの文化が戦争に対して如何に無力であり、単なるあだ花に過ぎなかったかを、私たちは身を以て体験し痛感した。西洋近代文化の摂取にとって、明治以後八十年の歳月は決して短かすぎたとは言えない。にもかかわらず、近代文化の伝統を確立し、自由な批判と柔軟な良識に富む文化層として自らを形成することに私たちは失敗して来た。そしてこれは、各層への文化の普及滲透を任務とする出版人の責任でもあった。

一九四五年以来、私たちは再び振出しに戻り、第一歩から踏み出すことを余儀なくされた。これは大きな不幸ではあるが、反面、これまでの混沌・未熟・歪曲の中にあった我が国の文化に秩序と確たる基礎を齎らすためには絶好の機会でもある。角川書店は、このような祖国の文化的危機にあたり、微力をも顧みず再建の礎石たるべき抱負と決意とをもって出発したが、ここに創立以来の念願を果すべく角川文庫を発刊する。これまで刊行されたあらゆる全集叢書文庫類の長所と短所とを検討し、古今東西の不朽の典籍を、良心的編集のもとに、廉価に、そして書架にふさわしい美本として、多くのひとびとに提供しようとする。しかし私たちは徒らに百科全書的な知識のジレッタントを作ることを目的とせず、あくまで祖国の文化に秩序と再建への道を示し、この文庫を角川書店の栄ある事業として、今後永久に継続発展せしめ、学芸と教養との殿堂として大成せんことを期したい。多くの読書子の愛情ある忠言と支持とによって、この希望と抱負とを完遂せしめられんことを願う。

一九四九年五月三日

角川文庫ベストセラー

バッテリー　全六巻　あさのあつこ

中学入学直前の春、岡山県の県境の町に引っ越してきた巧。ピッチャーとしての自分の才能を信じ切る彼の前に、同級生の豪が現れ⁉ 二人なら「最高のバッテリー」になれる！ 世代を超えるベストセラー‼

福音の少年　あさのあつこ

小さな地方都市で起きた、アパートの全焼火事。そこから焼死体で発見された少女をめぐって、明帆と陽、ふたりの少年の絆と闇が紡がれはじめる――。あさのあつこ渾身の物語が、いよいよ文庫で登場‼

ラスト・イニング　あさのあつこ

大人気シリーズ「バッテリー」屈指の人気キャラクター・瑞垣の目を通して語られる、彼らのその後の物語。新田東中と横手二中。運命の試合が再開された！ ファン必携の一冊！

晩夏のプレイボール　あさのあつこ

「野球っておもしろいんだ」――甲子園常連の強豪高校でなくても、自分の夢を友に託すことになっても、女の子であっても、いくつになっても、関係ない……野球を愛する者、それぞれの夏の甲子園を描く短編集。

グラウンドの空　あさのあつこ

甲子園に魅せられ地元の小さな中学校で野球を始めたキャッチャーの瑞希。ある日、ピッチャーとしてずば抜けた才能をもつ透哉が転校してくる。だが彼は心に傷を負っていて――。少年達の鮮烈な青春野球小説！

角川文庫ベストセラー

グラウンドの詩（うた）　あさのあつこ

心を閉ざしていたピッチャー・透哉とバッテリーを組む瑞希。互いを信じて練習に励み、ついに全国大会への出場が決まるが、野球部で新たな問題が起き……中学球児たちの心震える青春野球小説、第2弾！

かんかん橋を渡ったら　あさのあつこ

中国山地を流れる山川に架かる「かんかん橋」の先には、かつて温泉街として賑わった町・津雲がある。そこで暮らす女性達は現実とぶつかりながらも、精一杯生きていた。絆と想いに胸が熱くなる長編作品。

ミヤマ物語
第一部 二つの世界 二人の少年　あさのあつこ

いじめから登校拒否になった孤独な少年透流（とおる）と、別次元で展開される厳しい階級社会の最下層を生きる少年ハギ。二つの世界がつながって新たな友情が奇跡を起こす！

ミヤマ物語
第二部 結界の森へ　あさのあつこ

牢から母を逃がし兵から追われたハギは、森の中で透流に救われる。怯えていたハギは介抱されるうちに少しずつ心を開き、自分たちの世界の話を始める。2人の少年がつむぐファンタジー大作、第二部。

ミヤマ物語
第三部 偽りの支配者　あさのあつこ

亡き父の故郷雲濡で、透流はもう一つの世界ウンヌから来た少年ハギと出会う。ハギとの友情をかけて、透流は謎の統治者ミドと対峙することになる。ファンタジー大作、完結編！